Young Robin Brand, Detective

(1947)

by Freeman Wills Crofts

目次

主要登場人物

ロビン・ブランド……少年探偵。あだ名はキューリー
ジャック・カー……ロビンの親友。あだ名はモック
ジョン・カー……ジャックの父
ジュリア・カー……ジャックの継母
ベティ・カー……ジャックの異母妹

＊

ラリー・ウィリアムズ……引き込み線車掌
エイダ・ウィリアムズ……カー家のお手伝い。ラリーの妹
レイク……機関士
サミュエル・ジャイルズ……鉄道作業員。あだ名はチビ助
ミリー・ジャイルズ……サミュエルの妻
〝だんな〟……故買屋

＊

マーティン警部……地元の警察官
フレンチ主任警部……ロンドン警視庁の警察官
シリル・フレンチ……鉄道技師。フレンチ主任警部の甥

少年探偵ロビンの冒険

第一章　長い休みの始まり

ロビン・ブランドは寝返りを打ち、再び掛《か》けぶとんにくるまった。ほどなくそうっと片目を開けた。

開いた窓から差し込む朝日が部屋を明るく照らしている。ん？　あ、そうか、ここは学校の寮じゃないんだ。この三カ月、朝の寝覚めが悪く、しかも日ごとにいやな気分が強まっていた。今は頭が一瞬ぼんやりしたが、すぐに眠気は吹っ飛んだ。

今日から長い休みが始まる！　どんな日々になるだろう！　両親がインドに滞在しているので、ロビンは休みになると、シェフィールドにある従兄の家によく泊めてもらっていた。従兄たちはやさしかったが、ずっと年上で、おもしろみのない相手だった。

しかし今回は友人のジャック・カーから、八週間ずっと一緒に過ごそうと誘われた。といっても場所はジャックの自宅ではない。カー一家はイングランド南西岸のライマスに家を借りていた。ライマスは休日用の行楽地ではない。活気ある港だ。ジャックの父のジョンは休暇中ではなかった。ジョンはライ川にかかる予定の大きな鉄橋の建設責任者だ。一年ちょっと前から作業は進んでいて、ジャックはロビンに熱っぽくこう語った。ライマスには三回行ったけど、毎日が天国にいるみたいでさあ、それまでの休みはなんだったんだろうって思ったよ。ロビンはそんな天にも昇るような気分を友と味わえる機会を得たのだ。

ジャックが大げさな言い方をしたのは、ほかならぬ鉄道の影響だ。ジャックは鉄道マニアだった。鉄道の世界で育ってきたせいで、つい力んだのだ。まあ無理もなかろう。一方ロビンにとっては鉄道は縁遠いものだった。とくに蒸気機関車などはそうだ。乗り物といえば飛行機やレーシングカーのことで、ほかはどれも時代遅れだとロビンは思っていた。だがジャックによると、アイアンホースと呼ばれる旧式の機関車にもまだ見所があるという。なるほど鉄橋工事を進める作業員とジャックとの交流の話はおもしろかった。とはいえ、物語の意義はそうやって聞き手の興味をとにかく惹《ひ》くところにある。ロビンは賢い少年で、聞かされる事柄をすべて真に受けたりはしなかった。

飛行機やレーシングカーは、ロビンの愛着の対象ではあるが、必ずしも趣味の対象ではなかった。趣味はほかにある。本人の口癖によれば、「鉄道よりずうっといいもの」らしい。それは探偵ごっこだった。その気になれば誰でも楽しめる趣味だとロビンは思っている。ジャックみたいに鉄道で遊べるやつは少ないし、飛行機やレーシングカーをおもちゃにできるやつはもっと少ないぞ。だけど探偵ごっこなら誰だってわくわくできるはずだ。ロビンは、『伝説の裁判』など実際の事件を記した書物をよく読んでいたし、警察で実際に使われている犯罪捜査の教本も持っていた。また、初対面の相手に対して注意を向けるべき点や、てかてかになった服の継ぎ当てやら指の傷やら、そんな手がかりから推理できる事柄を、手帳にたくさん書き留めていた。道路についた溝形《みぞがた》模様からタイヤの種類を当てることもできた。あるときなど、人間二人と犬一匹を追跡して田舎の道を二キロ近くも歩き、残された指紋だけを手がかりに、相手が自転車に乗った女性と会って話をした際のようすを再現してみせた。

さて、ロビンはベッドから出て窓辺に近寄った。ゆうべジャックと二人でこの家に着いたとき、あたりは暗かったので、目に入ったのは明かりのともった街路と田舎の道路に通じる郊外の並木道だけだった。だが今、窓の外を見たロビンは息を呑んだ。

目の前の景色を川が横切り、左右ともにはるかかなたまで延びている。右を見ると町中《まちなか》にかかった灰色のアーチ橋まで続いており、左を見ると両側がうっそうたる丘となった田園へと消えていた。大きな川だ。幅広く、青く、朝日に照り映えている。泳ぎが好きな者なら、その光景を目にするたびに誘いを受けている気がするだろう。カー家は岸の高みにあった。岸は水際沿いの道路までなだらかに下っている。

だがロビンの目にまず飛び込んできたのは川ではなかった。あれは高架橋じゃないか！　建設途中でありながら、早くも周囲をにらみつけるようにそびえている。川面《かわも》から突き出て低地を横切り、反対側の丘陵まで続いているのは、巨大な塔、未来の橋の脚だ。いちばん手前の脚はかなり近い。町方面、つまりこちら側の岸にあって、百メートルも離れていない。各脚のてっぺんを取り囲むように、クモの巣にも似た縄を張った大きな足場が築かれていて、川に浸かった各部分には木製の桟橋《さんばし》がある。ある桟橋には艀《はしけ》が停まっていて、そこから作業員たちのいるてっぺんまでクレーンが資材を持ち上げていた。ほかの二艘の艀を引き連れた一艘の曳《ひ》き舟が、少し上流に

ある桟橋からシュッシュッと蒸気音を立てて走っている。一帯はモーターやハンマーやコンクリートミキサーの音で振動していた。

ロビンの部屋のドアが開いた。

「起きろ、ねぼすけ！」ジャックの声だ。「おい、まさかずっと部屋にこもるつもりじゃないよな。川に泳ぎに行こうぜ！」

二人が大きな橋　脚《きょうきゃく》の根元近くにある荷揚げ用斜面《ボート・スリップ》から川に入り、泳ぎを楽しんでいるうち、朝食の時間になった。ベーコンとコーヒーの混ざり合った香ばしいにおいに、ロビンはうっとりした。次に出てきたのはぱりっとしたロールパンとハチミツで、濃厚なデヴォンシャークリームのかかったイチゴがそのあとに続いた。

ロビンはたちまちカー夫人に惹かれた。ジャックの母親にしては若く見える女性だと思っていたら、実の母ではなくカー氏の二度目の奥さんだと聞かされた。それでもジャックは夫人をお母さんと呼んでいるし、互いにとても仲がよさそうだった。カー夫妻のあいだにはベティという三歳の娘もいた。つまりジャックにとっては母親の違う妹だ。ロビンはジャックの父親にも好感を持った。前日の晩に初めて顔を合わせたが、今朝に二人が階下《した》へ行ってみると、カー氏はもう仕事に出かけていた。

「さ、いろんなとこへ行ってみよう」朝食という大事な用事を片づけると、ジャックが威勢よく言った。「お、すげえ！　あの橋脚《マィ・アィ》、前に来たときより大きくなってるぞ。前の休みのときは水面のちょっと上までの高さだったのに、今は――そうだな――三十メートルぐらいに延びてる」

ロビンは並んでいる巨大な塔に無表情で目をやった。「それほどでもないと思うけど」ひそかに対抗意識を燃やしながら応じた。正確な高さなど見当もつかなかったが。

「うちのボートが斜面のそばに停まってたんだ」ジャックが言葉を継いだ。「乗りにいこう」

ここからロビンにとってはわくわくするような朝が始まった。カー家のボートは漕《こ》ぎやすい軽舟《スキフ》だった。少年二人は水面から延びている四本の橋脚のまわりを舟で回った。

「あとで親父か技師の人と一緒に橋脚のてっぺんまで登ろう」何か急用でもあるかのように、一隻の船が周囲のようすなどおかまいなしに上流へ進んでいった。そのあとに生じた波のうねりのせいで曲がった舟の向きを直しながら、ジャックがきっぱり言った。「鉄骨を組み立ててコンクリートを塗ってくところを見るの、すっごくおもしろいぞ。だけどそれはもっとあとでもいいかな。今は何をしたい？　引き込み線に沿って駅まで歩こうか。それともボートで上流へ行く？　湾曲部を過ぎたあたりに、入ってみたい洞穴があるんだ」ともに過ごす長い休みの初日の朝、どうやったら友を喜ばせてやれるかジャックはいろいろ考えていた。

相手を思いやる点ではロビンも同じだった。本来なら、鉄道の駅まで歩くより舟に乗ったり洞穴探検をしたりするほうを選ぶところだが、ジャックがご自慢の〝おもちゃ〟である引き込み線を見せたがっているようだったので、ロビンは友を喜ばせてやる責任を感じた。

「だったらこれから駅へ行って、午後に洞穴へ行こうか」互いが満足できるようにロビンは答えた。

ジャックはにこにこ顔になった。「お、いいねえ。じゃ、うちのボートが停まってる斜面から陸に上がろう」

引き込み線に向かう通路のある土地とカー家とのあいだに、小さな雑木林があった。ここを抜けて有刺鉄線を張った柵を越えると、二人は線路用の空き地に着いた。すぐとなりには、完成した堤防の輪郭《りんかく》に合わせて造った橋台《きょうだい》が空き地いっぱいにそそり立っていた。この橋台の存在が川岸と高架橋とを隔てる役目を果たしており、土工事の基礎であると同時にいちばん手前のアーチの起拱点《スプリンギング》にもなっていた。

林の中心を通り橋台にほぼ接する位置に、クモの巣状の大きな塔に支えられて完成途中の橋がかかっている。このまま工事が進めば橋台のてっぺんにまで達しそうだとロビンは思った。ジャックが橋を指さして言った。

「あれが構脚《こうきゃく》だよ。最後の部分の工事がもうすぐ終わるんだけど、そしたらバラスト（線路に敷く小石や砂利）運搬車をそこへ停めて、粘土で新しい堤防を造るのさ。それから、ほれ」構脚の先端部分から大きく盛り上がっている黄土を指さした。「あそこがごみ処理場《チップ》の端だ。堤防はあんなとこまで達してる。登ってみよう」

示された方角にロビンが目をやると、列車の先頭が黄土の上に現れた。列車はまさにジャックの示した箇所へ近づき、このままでは真っ逆さまに落ちるしかないかに見える地点で停まった。そうして、各有蓋貨車《ゆうがい》（屋根つき貨車）の戸がガラガラと開き、男たちが荷下ろしを始めた。粘土のかたまりが弾んで斜面を転がり落ちていった。

この爆撃から逃れようとジャックはロビンを従えて堤防の反対側へ行った。

「あっ」てっぺんまで登るとジャックが声を上げた。「機関車にレイクさんがいる。行こう、切通《カッティング》しまで乗ってけるぞ」

有蓋貨車の端に機関車が連結されている。機関車といっても、残念ながらほれぼれするような流線型の巨大物体《モンスター》ではなく、高い煙突がついてシリンダーが内蔵された古く薄汚れた六輪車だ。機関士が運転席に座って新聞を読んでいる。火夫《ファイアマン》は近くの地面に立って、貨物車掌の制服を着た男と話をしている。少年たちは機関車に近づいていった。

「こんちは、レイクさん」ジャックが機関車に足をかけて声をかけた。「また来ちゃった。こっちは友だちのロビン・ブランド。ロビン、来いよ」

初めての経験に自分でも意外なほどわくわくしながらロビンも車内に入った。

機関士は新聞をどけて立ち上がった。「ジャックか。よく来たな」続いてロビンに顔を向けた。

「こんちは。作業を見にきたの?」

「ジャックと休みを過ごしにきたんです」ロビンは説明した。

「そうそう」ジャックも言った。「あの、ぼくが前回ここに来たときから、みんなずうっと作業してるんですね」

「おれたちもひまじゃないからな」

ジャックと機関士が話しているあいだ、ロビンはあたりを見回した。なんでこんなに暑いんだ。空は晴れ渡っている。機関士室の屋根と炭水車との隙間《すきま》から強い陽光が差し込み、ボイラーの後部、つまり機関士室の前部全体から熱が放出している。車両中央の低い位置に火室《ファイアボックス》(石炭を燃やし蒸気を出すところ)

の扉がある。わずかに開いており、なかで勢いよく燃えている石炭がロビンの目に入った。下のほうは赤々としており、上のほうは黒っぽくこちこちに硬そうな感じだ。小さな炎管《フルー・ホールズ》の穴がたくさん開いた板が後ろのほうに立っており、石炭はそこまで続いている。石炭の上に、というよりそこいらじゅうに、あきれるほどたくさんのハンドルや計器がついている。車両の両側に一つずつ長方形の窓がある。ガラス板に囲まれた直立したガラス管二本のなかで水が上下に動いている。ボイラーの底から川のせせらぎにも似た快い音が小さく聞こえてくる。

火夫が乗降用踏み段《フットプレート》に現れた。「直ったよ」レイクに声をかけるとジャックに愛想よくうなずいた。

レイクがハンドルに触れた。汽笛が鳴った。レイクは機関士室からさっと身を乗り出し、後続の貨車の列に目をやってから、主ハンドルをわずかに動かした。機関車がいくらか振動し、カメのようにのっそり動きだした。同時に背後から楽器の弦を掻《か》き鳴らすような音が聞こえてき、そのたびに連結箇所が締まっていった。貨車も次々と走りだした。やがてレイクはハンドルを向かい側に少し倒した。機関車は音を発しながら煙を吐き出した。一回の発煙——レイクによれば鼓動《ビート》——ごとに、火室のなかは一瞬にして白熱状態となり、石炭の無数のすきまから炎が出た。しかし火夫の手で火室の扉が閉められ、この派手な見物は幕切れとなった。同時に火夫はロビンに顔を向けた。

「あそこに立ってごらん」機関室の右すみを指さした。

ロビンが鉄の枠——あとでわかったが後部連結車輪の泥よけだった——の上に立つと、窓の外

が見えた。ボイラーの側面が視野の中心だったが、その向こうにこれから通る線路も延びている。ロビンが今まで鉄道で目にしてきた線路よりでこぼこしている単線だ。列車が速度を増すと機関車はぐらぐら揺れた。といってもさほど速く走ってはいない。せいぜい時速三十キロちょっとだ。だが進行が不安定なせいか、ロビンにはずいぶん速く思えた。

走った距離は短く、一キロ半ほどだった。列車が停まった途端ジャックの姿が消えた。

「早く降りろ！」ジャックの声がした。「急げ、レイクさんは待ってくれないぞ！」

ロビンがあわてて地面に飛び降りるようすを、レイクは機関士席からおかしそうに笑って見送った。ロビンがはいている灰色のフラノ製ズボンに、旅の記念として、油っぽい炭粉による落ち着いた感じの模様がついた。

「おお」模様を見ながらジャックが声を上げた。「大胆なことをやったなあ、会社の大事な石油を黙ってもらってくるなんて」

「うわ」ロビンはあわてた。「落ちるかな」

「たぶん無理だね。パワーショベルを見にいこうか」

ロビンの嘆きの声を知らん顔で聞き流しながら、ジャックは一連の土工事における資材供給側の現場に向かった。ロビンもあとに続いた。

二人は完成半ばの切通しに入り、片側の壁面に沿って歩きながら作業を見下ろした。線路の先端は二本の支線《スパーズ》にわかれており、その一方へ小型のディーゼル機関車が空っぽの貨車を引き込んでいた。貨車は土を積み込まれると再び機関車に引かれて走りだした。支線の先にある切通しの

壁面と向かい合う位置にパワーショベルが置かれてあった。回転臂《ジブ》から、フックの代わりに鉄の箱が吊るされたクレーンのような機械だ。下あごに大きな歯のついた口を思わせるこの箱は柄の先端に取りつけられている。首をすっと伸ばしたトラの頭のようだ。その首によって箱は前へ動き、地面に歯を埋め、口一杯に粘土を掬《すく》うとクレーンに引き上げられ、引き戻され、貨車の上を通ってゆく。そうしてのどに開いた穴から粘土を飲み込む。つまり貨車のなかに落とす。二度の動作で貨車は満杯になった。機械を動かす作業員の見事な腕前にロビンは目を見張った。作業員はまわりの壁面をほとんど崩さず切通しを〝噛み切れる〟ので、手作業で壁面のかたちを整える必要がほとんどない。

それから一時間、少年たちはあちこちに動いて作業のようすを眺めた。ロビンも思っていたよりずっと楽しめた。それに、ジャックと作業員たちとが顔なじみであることに驚いた。ふむ、結局ジャックの話は大げさじゃなかったみたいだな。

「きみ、会社の持ち主みたいな顔して歩いてるね」ロビンは友をからかった。

「引き込み線沿いなら一人でどこへでも行けるんだ。親父から許可をもらってる」ジャックはすました顔で応じた。「桟橋に降りるのはだめだけど。それから本線には勝手に入るなってさ。言いつけはちゃんと守ってるよ。事故を起こしたら親父に迷惑かけちゃうから」

「あんなふうに機関車に乗ったり、飛び降りたりできるとはね。驚いた」

「だから何をしてもいいのさ。機関車が引き込み線――しばらくは親父専用の線なんだ――を走ってる限りはだいじょうぶ。だけど本線の駅に向かってると、レイクさんは乗せてくれない。

ま、とにかく心配するな。そのうち何もかも見せてやるよ」

昼時になり、ジャックと家へ戻りながら、ロビンは嬉しくなった。きっとこの休みには前から待ち望んでいたすごい経験ができるぞ。

実際、学校が再び始まるまでに、二人はまるで夢の世界にいるような興奮を味わうことになる。

第二章　砂についた足跡

昼食をすませたロビンがライ川に行ってみると、ようすが大きく変わっていた。水位が下がっている。午前中には怖いほど水がなみなみとあったのに、今は流れが細くなっていて、泥の底が両側に幅広く浮き出ている。

「待っててよかったな」ジャックが言った。「もう流れを気にしなくていい。今朝だったら必死に漕がないと前に進めなかった」

「なんだか赤の女王がアリスに言ったことを思い出すね。ほら、全力で走らなきゃ同じ地点にはいられないってやつ（ルイス・キャロルの『鏡の国のアリス』第二章「生きた花のお庭」参照）」

「女王さまはライ川をよくご存じだ」

桟橋から漕ぎだされた小舟は上流に向かった。やがて家並みを通り過ぎて広い田園地帯に入っていった。流れと風に恵まれながらも舟はなかなか早く進まない。オールを漕いでいる二人は暑くなってきた。

「帆船《ほぶね》には乗らないの？」一息入れようと、ともに手を休めたところでロビンがたずねた。

「だめだ。喫水《きっすい》が浅すぎるから安定が悪い。垂下竜骨《センターボード》（風による横流れを防ぐために船底に取りつける板）をつけようかと親父は言ってたけど、本気じゃないみたいだ。川で帆船に乗るのは危ないってさ。丘のほうから横殴りの雨がいきなり降ってくるんだって」

話題が鉄道から自分もいくらか知っている事柄に移ったのでロビンはほっとした。実は船に関してはけっこう強いぞと自負していた。

「今みたいに艫《とも》（舟の後部）のほうへ風が吹いてるときは」ロビンは語りだした。「こういう小舟でも小さい横帆《おうはん》を張れるよ」

ジャックもうなずいた。「うん。だけどこんな南風は珍しいんだ。たいてい吹くのは西風だから、横梁《よこばり》に当たっちゃう。そうだ、並んで座って自分のコートを広げてみようか」

二人がぴたりとからだを寄せて座り、互いの外側にコートを思い切り広げたので、わりに大きな即席の帆ができ上がった。オールを漕がなくても舟が進んでくれたので二人は嬉しかった。だが進み方は遅い。おまけに、腕を動かすよりコートをじっと広げているほうが疲れることもすぐにわかった。二人はまたオールを手にした。

ほどなく舟は川の湾曲部まで来た。川は岩肌のごつごつした地点を中心にして、大きく弧を描くように右へ曲がっている。反対の左側では、そこまで来て初めてわかったのだが、細めの川が本流へ流れ込んでいた。

「ドリビン川だ」ジャックが川を指さした。「ここで曲がろう」

ドリビン川に貫かれている谷間は狭く、絵のように美しかった。広いライ川沿いに水辺から丸みを帯びた耕作地が緩やかに上へ延びているのではなく、この辺の岸は険しく岩のように硬い。

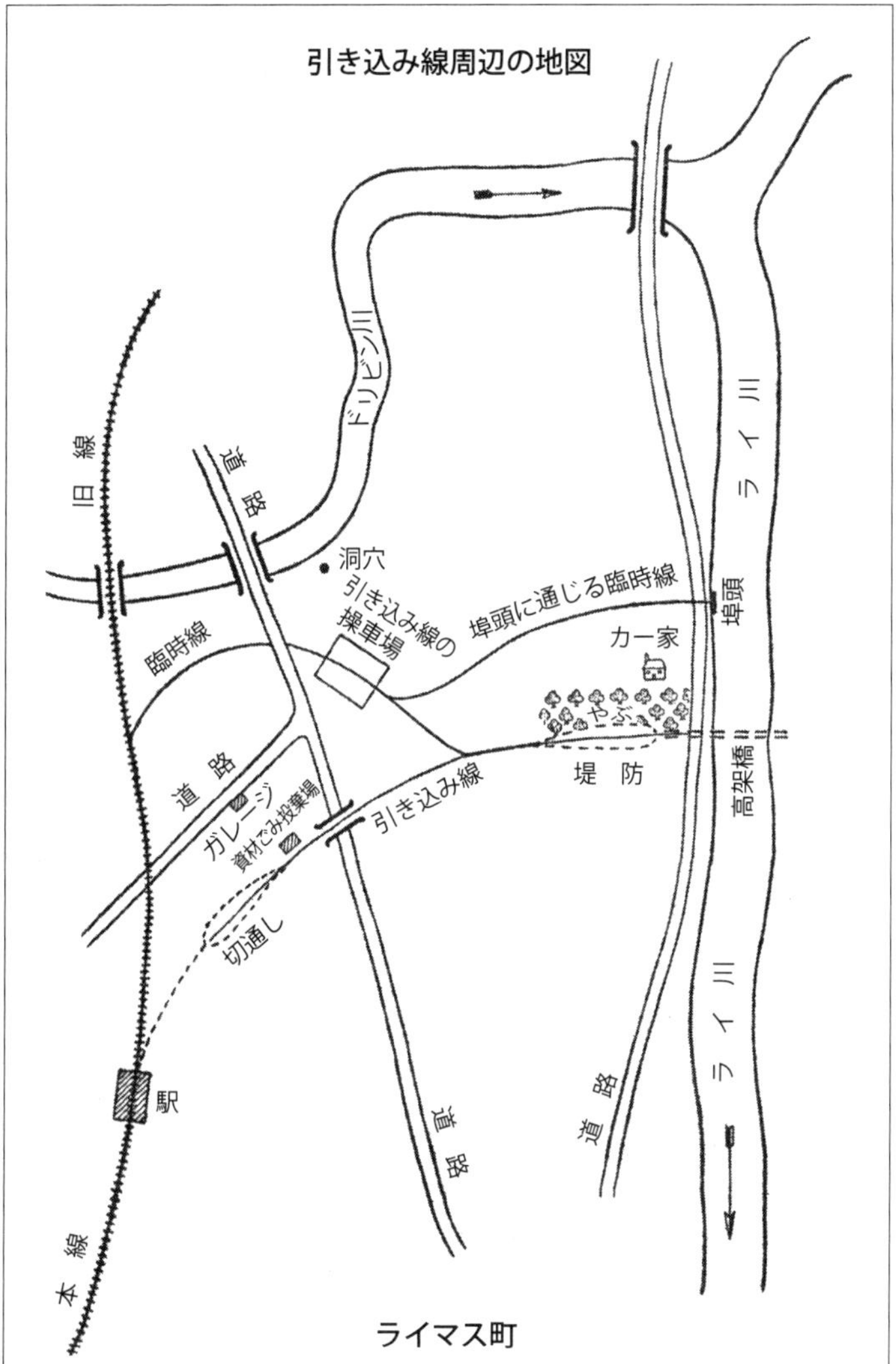
引き込み線周辺の地図
ドリビン川
旧線
道路
洞穴
引き込み線の操車場
埠頭に通じる臨時線
埠頭
臨時線
カー家
やぶ
堤防
高架橋
ライ川
道路
ガレージ
資材ごみ投棄場
引き込み線
切通し
駅
道路
道路
ライ川
本線
ライマス町

小さな断崖絶壁がところどころ川のほうへ突き出ていて、その中間が奥へ引っ込んでいるため、かわいい湾ができている。木々もあちこちに生えていて、根元は密集したやぶになっている。人が住んでいる気配はまるでない。

「原始林だな」ジャックがにやりと笑った。「ヒョウとかニシキヘビとかツェツェバエとか、そういうのと出くわしそうだ」

ロビンとしては望むところだった。

「それはいいねえ！」思わず叫んだ。「岸に上がってみようよ」

「もう少し先まで行ってからね」

川がまた直角に左へ曲がっている崖を小舟は通り過ぎ、沿岸へ近づいた。ジャックは舟を岩棚につけて勢いよく岸に上がると、一本の木に舫《もや》い綱をぎゅっと巻きつけた。舟は川に迫《せ》り出している枝の下にすっぽり隠れた。ロビンもオールを引き上げると友のあとに続いた。二人はやぶや木の根をしっかり摑《つか》みながら急な岸を登りだした。

「ここ、どこだかわかる？」ほどなくジャックが言った。

「ぼくにわかるわけないよ」ロビンとしては当然の返答だ。

「当ててみろよ」ジャックも言い返した。「まず北に向かってから、少し西に曲がって、今度は南に来た。通った水路を辿《たど》って戻ってきたんだ。あと四百メートルほど今のまま進めば引き込み線に着くよ。今朝おれたちが機関車で通ったところだ」

「じゃ、町に近いんだね」

「ああ。ここから一キロ半ぐらいだ」

「ぼくら、四角の三辺を舟で漕いだことになるね」

「うん。でもようやく洞穴まで来たんだ。あれ見える?」

二人はまずまず平らな土地の狭い岩棚に乗った。岸は、一方の側では今やはるか下のほうに見える川へ向かって急角度に延びていて、他方の側ではほぼ垂直の岩の露出部分となっていた。二人のすぐ目の前にあるこの岩から長いツル植物が垂れ下がっている。

ロビンから答えが返ってくるのを待たずに、ジャックは前方にさっと動くとツルをつかんで壁からぐいと引き離した。背後に洞穴の小さな黒い入り口が現れた。

「お、すごい!」ロビンは目を丸くしてまた叫んだ。「よく見つけたねえ、これ」

「たまたまさ。いつだかこの辺をぶらぶら歩いてたら、いきなり足を滑らせたからツルをつかんだんだ。それで気がついた」

「ついてるなあ! なかは暗いの? 懐中電灯がいるかな」

「暗くないよ全然。入ってみればわかる」
二、三歩進むと、低く狭い入り口のトンネルはかなり大きな洞穴に通じていた。ロビンの見るところ、少なくとも奥行きは十二メートル、横幅は三メートル半ある。入り口の屋根の隙間から明るい陽光があふれんばかりに差し込んでいるので、内部は隅々まではっきり見えた。壁と屋根はへこみや出っ張りだらけで、でこぼこしているが、地面はかなり平らだ。
「自然のままだね」目を輝かせてまわりを見回しながらロビンが言った。「ん、違うかな? あの地面は舗装したみたいだ」

ジャックはきみを見直したよといいたげな視線をロビンに向けた。「よくわかったなあ。以前に連れてきた親父も同じことに気づいてたよ。洞穴は自然のままだけど、地面は均《なら》してあるって言ってた。あの開《あ》いた穴のこと、おれは窓って呼んでるんだけど、あれはかつて単なる入り口で、その後にトンネルを掘ったんだろうってさ」

「でもなんのために掘ったんだろ」

「密輸業者の仕業さ！」どうだといわんばかりに、〝謎の秘密〟を明かしたジャックの声がぐっと高まった。「昔、このコーンウォール沿岸では盛んに密輸がおこなわれてたらしい。親父の考えでは、連中は夜間に舟で川を上ってくると、品物をロープにつないで引っ張ってきて、ここからどさっと落としたんだって」

わくわくするような話だ。古くて汚れたバラスト運搬車なんかよりずっといい！　ロビンは苦々しい表情で自分のズボンにちらりと視線を向けた。空想好きな少年として、この洞穴や谷間が目撃してきたはずの悪事の数々をロビンは思い描こうとした。するとまず始めに、真夜中に忍び足で歩くように舟が川を上ってゆくときの、水面を掻くオールのかすかな音や悪人どものささやき声が聞こえてきた。洞穴の下の岩で待ち受けていた仲間がダークランタン（一方向だけを照らす手提げランプ）をつける。ランプの光が舟に乗っている者どもを秘密の場所まで導く。引っ張り合いや手繰《たぐ》り合いが始まる。それから、相手にぶつぶつ文句を言う、暗闇で相手と取っ組み合う、相手を殴《なぐ》る、いや、相手をナイフで刺す者も出そうだ！　一味のなかには岩棚から落ちて行方不明になった者も

いるかもしれない。うわ、すごいことを考えちゃった！

不意にロビンの目が何かを捉えた。ロビンは想像の世界から現実の世界に舞い戻り、見つけたものを凝視《ぎょうし》した。友のただならぬ顔つきに気づいたジャックは、それまでひっきりなしにしゃべっていたのだが、いったん黙ってからまた口を開いた。

「どうした。何見てるのさ」

ロビンの視線の先に目を向けて、ロビンも立ちすくんだ。地面の二箇所の石にはさまれた湿った砂に足跡がある！　わりに大きな男のゴム底の靴跡だ。ついてまもないに違いない。全体がくっきりしている。

「この洞穴、まだ使われてるんだ！」ロビンが叫んだ。声からすると、ぞっとしているようだ。「何をするためだろう。いったい誰が通ってるんだ」

同じ考えが二人の頭に浮かんだ。密輸業者だ！　ほんとかな、まさかね、などと二人は言い合った。

「だけど、そうだとしてもおかしくないな」ジャックが言った。「昔のコーンウォールじゃ、ふつうにやってたことだから。復活してても不思議じゃない」

「難破した船から品物を盗むのが悪いやつらの手口だと思ってたよ」

「難破？　うん、でも密輸もやってた。あのさ、キューリー――ロビンはふだんキュアリオシティ（＝好奇心）を縮めてこう呼ばれていた。探偵のように詮索好きだからだ――、密輸が一度なくなってまた始まったのには理由があるんだ。親父とビントリーじいさんが話してるのを聞いたことがあるんだけど、この国にはかつて自由貿易の時代があって、そのころには品物は税金を払わずに持ち込めたんだって。だから密輸をしてもあまり利益はなかった。だけど今なら事情が違う。ほら――あれ、なんてったっけ――ええと――」

「高関税率と輸入制限？」豆博士の風情《ふぜい》でロビンが応じた。

「それだ。だけど名前なんかどうでもいいだろ」ジャックはむきになった。「結局また密輸をやる意味が出てきたってことが話の要点だ」

「鋭いもんだなあ」ロビンはうっとりした顔でため息をもらした。「でも、連中はよく地元の人たちに気づかれないで川を通れたね」

「簡単だよ、そんなの。遊覧船か高速艇を買えば昼間でも堂々と川を上っていける」

「まっさかあ《マイ・アイ》！　でもこの足跡は大事だね。警察に話したほうがいいかな」

しかし、これだけでは密輪の決定的証拠にはならないなとジャックは感じた。「あたりを見て回ろう。品物をここへ引き上げたら必ず跡が残ってるはずだ」

ああ、なるほどとロビンも思った。二人は洞穴や通路を探索した。洞穴の奥近くに大きな玉石があるせいで、背後からの光がさえぎられている。懐中電灯がないので石の背後は調査できない。

結局、目の届く範囲のどこにもほかに痕跡《こんせき》はなかった。

「足跡からすると、けっこう大柄なやつに違いない」思案ありげに言ってから、ロビンははっとしたように顔を上げた。目が輝いている。「あのさ、モック――ジャックのあだ名はモック・タートル（ルイス・キャロルの『不思議の国のアリス』に出てくる子牛の頭をしたウミガメ）だった。ずっと以前から呼ばれているので、もう理由は不明だ――、これの型を採ったらおもしろいぞ。で」思い切って自分の趣味も生かそうとロビンは言い足した。「何か起きたら警察に持っていこう」

「よし、わかった。どうやって型を取るんだ」

「焼き石膏《せっこう》を使うのさ」

「だけど、きみ石膏なんか持ってないだろ」

「うん、手に入れなきゃね」

ジャックはためらいがちに言った。「いったん家に戻ってまた来ようか。舟はここに置いといて歩いて帰ろう。片道たったの二十分だ。六キロ半も舟を漕ぐより簡単だろ」

「ああ、それがいい」

二人は三十分後に帰宅した。ジャックは山を切り開いて敷いた線路まで回り道すれば、レイクのバラスト運搬車に乗っていけると言い張った。だが結局は夕食後まで再出発できなかった。カー氏が帰宅しないうちは必要な材料が手に入らなかったからだ。二人はカー氏と一緒に今後の計画について話し合った。ジャックの父も乗り気のようすで言った。

「仕事場には焼き石膏がたっぷりあるぞ。水と混ぜ合わせるからバケツを借りてきなさい。でもいいか、石膏が固まる前にバケツのなかは洗うんだぞ。ほかに何が必要かな」

「あのう」ロビンがおずおずと言った。「本で読んだんですけど、石膏を使う前にシェラック（ニスなどに利用する動物性天然樹脂の一種）を吹きつけなくちゃいけないんです。細かいところまできちんと型を採るために」

「ううむ、やっかいだな」カー氏は少しのあいだ黙ったが、また口を開いた。「いや、うちにあるはずだ。通常の揮発性塗料《ワニス》があるが、あの成分はほとんどシェラックだ。あずま屋《サマーハウス》に古いフリット社製の害虫駆除用スプレーもあるぞ。それで間に合うかな」

だいじょうぶですとロビンは答えた。少年たちは胸を躍らせながらバケツに道具一式を入れて出発した。おじさんもご一緒にどうですかと一応ロビンは誘ってみた。しかし、たぶん二人とも自分たちだけで行きたいのだろうなとカー氏は気を利かせて断った。

「いい人だなあ、きみのお父さんは」道具を重そうに持ち歩きながらロビンが言った。「子どもの行動にいちいち文句をつける父親もけっこういるのに」

「欠点もあるけどね」ジャックは嬉しそうな顔をしながらも冷静に意見を述べた。「こういうことには乗り気なんだよ、自分の力で物事をやりとげようとする子どもが好きな人だから。いつも

そう言ってる」

「でもそのとおりだよね」ロビンは友に話を合わせた。

足早に二十分歩いて二人は洞穴に戻った。

「さて」ジャックが口を開いた。「きみが進行役だよ。何から始めようか」

「まず足跡にシェラックを吹きつけよう。来る前に噴霧器の中味を満たしといてよかったね」

ロビンはていねいに噴射していった。中味が足跡へ静かに流れ込んでゆく。ロビンが何度も同じ動作を繰り返すと、しまいに表面全体が塗料の薄い皮膜《ひまく》に覆《おお》われた。

「うまいぞ」ジャックが言った。

「もういいね。次は石膏を混ぜようか。それまでに塗料は乾くだろう」

「水がいるな。川に下りて汲《く》んでくるよ」

ジャックはバケツを掴むとトンネルに消えた。

が、すぐに戻ってきた。

「しーっ」ジャックは静かにというように手を上げ、急《せ》き込んでささやきだした。「誰か近づいてくるぞ！　岩棚を歩いてる。とりあえず玉石の陰に隠れよう」

ロビンの胸はにわかにどきどきしだした。「わかった。道具を片づけよう。見られちゃまずい。バケツとスプレーを持ってよ。あとはぼくがやる」

少年たちはそれぞれ道具をさっと手に取ると大きな玉石の背後に身を隠した。ここなら、懐中電灯で照らされない限り見つかるまい。二人は爪先《つまさき》立ちになって、石の上からそうっとようすをうかがった。と、そのとき、トンネルから足音が聞こえて一人の男が洞穴に姿を現した。

背は高いがやせていて、少し猫背だ。色は浅黒く、顔は細く性悪そうで、苦々しげな表情を浮かべている。山高帽をかぶって茶色の背広を着ている。安っぽくて着古した感じの服で、ひざのあたりがだぶだぶだ。男は職人の親方か小さな商店の主人に見えた。ロビンはそうっとジャックの耳元へ顔を寄せた。

「足跡をつけたやつだよ。大きさがぴったりだ」

男はあせっているようすだった。ほんのしばらく何もせずに立っていたが、時計を見ると、店員が鉛筆を取り出すように胸ポケットからタバコを一本引き抜き、いらだたしげに火をつけた。それからあたりを意味もなく歩き回り、思い切りタバコを吸い込むと立て続けに大きな煙を吐いた。男が玉石に近づいてきたときにはロビンは思わず身をすくめた。しかし相手はすぐそばまで来たところで振り返り、洞穴の中央にせかせかと戻った。

五分ほどすると、別の足音がトンネルから聞こえ、第二の男が現れた。労働者ふうの服装をしている。背が低くずんぐりしていて、鼻が高く、薄い口ひげをだらしなく生やしている。男は手にしていた粗い麻布の包みを地面に置いた。包みはかちんという音を発した。背が高いほうの男が振り返った。

「遅いぞチビ助、約束の時間を忘れたのか」腹立たしげに声をかけた。「こんなモグラのお宿みたいな場所で、一晩中おまえを待ってろってことか」

「すまねえ、だんな。ちょいと忙しくて。カミさんが店に伝言してくれってせっつくもんで手間取っちまった」

「まったく、すんなり事が運んだためしがない」のっぽの男はうなるように言うと袋に目を向けた。「なんか役立つものが入ってるのか」

「へえ、そりゃもう。けっこうなもんがね。だけど、この前のヤマんときの分け前はどうなってますかね。六ポンド十ペンス、いただけるはずですぜ」

「ちゃんとやるさ。安心できないのか」

「だから、おれがほしいわけじゃねえんでさ。渡す相手がいるもんで」

「おまえがそっくり渡すはずなかろうが」のっぽが言い返した。「ほれ、これでしばらく口を閉じてろ」

のっぽはズボンの尻ポケットから札を何枚か取り出すとチビ助に手渡した。そうして、札の枚数をていねいにかぞえている相手を見下ろしながら、小ばかにしたように笑った。

「しっかりかぞえろよ」男はからかってから包みを見やった。「中味を確認といくか」

チビ助は包みを広げた。

「どれもけっこう使えまっせ」中味を示しながら自慢げに言った。「この自在スパナはとびきり上等でしてね」小さな道具を取り上げた。「こっちはラムナー社製のドリルでさ！　これだけでも、あと一ポンド上乗せしてもらってもいいぐれえだ。それからこいつはフォートナム社製のグリース注入器。ほかにもいろいろありまっせ」チビ助は道具類を並べてみせた。「ちょっとしたもんでしょ」

「おまえのダチはここにある道具をどうやって仕入れたんだ」

「ああ」チビ助は意味ありげな表情を浮かべた。「おれも聞いてみました。口の重いやつなんだが、無理やり聞き出したところじゃ、スパナはパワーショベルからくすねてきたそうです。アンディ・スピアーズがショベルを動かしてないときにね。それからこの注入器はハリー・マシューズがスピアーズからモクを一本もらいにいったときに、ディーゼル機関車の道具箱にあったそうです。やつが戻ってくると消えてたってわけで」

のっぽは顔をしかめた。

「ふん、じゃ、おれやおまえの知ったことじゃないな」あっさり言った。「自分の役割はわかってるよな」

「へえ、だんな。心得とります」チビ助は道具を再び布で包み込むと相手に渡した。

「一緒にいるとこを人に見られちゃまずい」のっぽが言った。「おれはズラかるから、おまえは

31　砂についた足跡

十五分間ここでじっとしてろ。十五分だぞ、わかったな！」なぐりかかってきそうな目で男は命じて立ち去った。チビ助より肝っ玉の太い者でさえからだが震えてきそうな怖い目だった。

だがチビ助はそんな脅しなどへとも思っていないらしい。というのも、それから二、三分のあいだ、いまいましげに洞穴のなかを歩き回り、立ち去った男の悪口をつぶやいたからだ。「あの野郎、いばりくさりやがって」少年たちの耳にも声が届いた。「どっかのおエライお殿さまのつもりかよ。まあいいや、誰が結局いちばん得するか見てやがれ」謎めいた言葉を吐いて、チビ助もまたトンネルに消えていった。あとには少年二人が残された。

第三章　怪しい男たちの捜索

ほんのしばらく少年たちは動けなかったが、ジャックがまずトンネルの入り口に駆け寄り、恐る恐るなかを覗《のぞ》き込んだ。

「行ったぞ」ジャックはささやいた。「キューリー、おれたち、何かすごいことに立ち会ってたらしい。へまできないぞ。あのお二人さん、引き込み線から道具を盗んでるんだ！」

「密輪業者だ！」ロビンが夢見心地といったようすで叫んだ。「あいつら、現代の密輪業者なんだよ、モック」

「いや、もっとたちが悪い。泥棒なんだぞ！　親父に捕まえてもらわないと。さ、急いで帰って報告しよう」

ロビンがうつむいた。「でも足跡が。型を取るまで動けないよ」石膏はかなり乾いてきたようだ。

「石膏なんかほっとけよ！　すぐ今のことを親父に話さなきゃ」

ロビンは冷静さを取り戻した。「モック、今は石膏のほうが先決だよ。ほんとに大事なんだ。あののっぽを有罪にするには必要になる。ぜったいあいつの足跡なんだから」

ジャックも迷いだした。「まあ、そうだろうな」笑みをもらした。「うん、たしかに。これは法廷に持ち出されるだろう。おれたちも証言しなきゃいけなくなるな。よし、決まった。固まるまであとどれぐらいかな」

「もうすぐさ。水を汲んできてよ、ぼくが型を抜くから」

ロビンはじっくりていねいに物事をおこなう少年だった。工作の授業のときにも、じれったいほど時間をかけて構想を練り、材料を並べ、さてどんな具合に取りかかろうかと考える。そうして同級生がほぼ作業を終えるころ、ようやく工具を手に取る始末だ。しかし、みなが何度もしくじり、そのたびにやり直さなければならないのに、ロビンはいつも誇らしい完成に向けて迷いなく進んでいった。

今もそんなロビンの本領が発揮された。ジャックに急かされながらもロビンはあわてなかった。缶に水を入れると、石膏の粉を何度かつまんで缶に落とし、沈むのを待った。そうして中身が濃厚なクリーム状態になるまでスプーンで掻き混ぜた。次いで足跡のまわりに砂を積み上げて受け皿を作ってから、缶の中身をスプーン一杯分ずつ何度もそうっと入れていった。やがて受け皿は厚さ一センチ余りの層に覆われた。

「次に、ぼくらが持ってきた小枝を何本か」ロビンは言いながら、濡れた石膏に万遍なく補強材を置いた。「こうすれば持ち上げたときに壊れないんだ。もっとたくさん覆わなきゃだめだな」

さらに一センチほど厚みが増した。最後にロビンは軟らかな石膏にきちんと自分の頭文字と日付けを書いた。

「よし」ジャックは友の手際に感心せざるをえなかった。「いつ持ち上げたらいいんだ」

「だいたい十五分後だね。固まると熱を帯びてくるから、それが合図さ」ここでロビンは抜け目のなさも持ち合わせていることを示した。石膏が固まるまで十五分もジャックはじっと待ってられないだろうな。そう見抜いて言い足した。「洞穴の外に足跡があるかどうか調べてみようか。さっきのやつらがどっちの方向に行ったかわかるかもしれない」

思ったとおりジャックは乗り気になった。草深い斜面では何も見つからなかったが、二人で歩き回っているうちに石膏は固まった。ロビンはもちろん嬉しかったが、ジャックもやったぞという顔をした。小舟まで運んだ品が宝石をちりばめた王冠だったとしても、ここまで喜んでくれただろうか。友の誇らしげな顔を見てロビンは思った。

息子たちの話をじっと聞いていたカー氏は、石膏に関する処置についてとくに感嘆したように言った。「よくやったなあ、ロビン。それに今後にも役立つかもしれないぞ。今の話だと、一味の誰かが引き込み線から道具を盗んで、チビ助を通じて〝だんな〟に売り払っていたんだな。〝だんな〟は盗品で商売をしている故買屋だろう。ジャック、そいつらの顔は今まで見たことないんだろうな」

「うん、ない。だけどまた見たら思い出せるよ。キューリーもそうだよね」

「キューリー?」

「ロビンのあだ名さ」

「ジャックはモックって呼ばれてます」ロビンが言った。

「ほう、そうか。覚えておこう。さて、出だしは好調だが、ここで終わらせてはいけない。そいつらを見つけないと。のっぽのほうは故買をしているとすれば捕まえるのは難しいな。でもチビ助は引き込み線のどこかに所属している気もする。きみらは一帯を調べてチビ助を捜してくれ」

「わかった」ジャックが答えた。「どっちにしろキューリーは見学したいんだって」

「ええ、できたら」ロビンも遠慮がちに言った。

「じゃ、明日あの辺を三人で歩こう。十時に父さんの事務所に来てくれ。いいかな」

「了解、ボス」

ロビンはわくわくした。今、自分たちが直面しているのは、しょっちゅう頭のなかで楽しんでいた架空の犯罪ではなく現実の事態だ。まさしく犯罪だ。警察が乗り出すような重罪だ。しかも自分もジャックも最初から目撃している。ぼくが解決できたらどんなにすごいだろう！ 驚くことに、自分にはいくらでも事件を解決する機会が訪れるはずだとロビンは確信していた。失敗するかもしれないけど、それならそれでいいじゃないか！

翌朝、ロビンは胸をときめかせながらジャックと出発した。雑木林を抜け、今までなじみのなかった土手のてっぺんまで登り、切通しに向かって歩くと、右手にそれてゆく線路に着いた。

「これ、本線と臨時につながってる線なんだ」ジャックが説明した。「切通しの作業が終わったら撤去される。別の引き込み線が川岸の臨時桟橋にまで通じてるよ。それからここが──」有刺鉄線に囲まれた広い場所をジャックは指さした。線路が通っている。「引き込み線の操車場だ」

そこには様々な種類の資材が山積みになっているほか、木造りの小屋がいくつか建っている。石油発動機のシュッシュッという音が一つの小屋から発せられている。それと同時にズシンという音が、鍛冶場《かじば》から流れるハンマーのカチンカチンカチンという音や、コンクリートミキサーの耳障りなザラザラという音と混ざり合った。

「バラスト運搬車は夜になるとここに停めるんだ」ジャックは得意顔で説明を続けた。「ほら、線路は切通しからごみ処理場まで下ってるだろ。だから誰か悪いやつが有蓋貨車のドアを壊して開けてブレーキをはずすと、機関車は走りだして脱線しちゃうかもしれない」

操車場のすみに、ひときわ立派な小屋があった。ジャックがドアを押し開けると、四人の職員が作業している広い部屋が見えた。

「おはよう、ハガードさん」ジャックが声をかけた。「うちのお父さん、いますか」

中央の机に向かっていた年配の男がにっこり笑った。「やあ、ジャック。また長い休みの始まりか？」

「ええ。そういう時期ですよ」

「まあな。カーさんは一人でいるよ。そっちの部屋だ」

ジャックは別のドアをノックした。少年たちはなかへ入った。いくぶん狭い部屋で、中央には机が、窓の前には製図版が、壁に沿って戸棚と書棚がそれぞれある。カー氏は机に向かっていた。

「お、来たか」ジャックの父は明るく声をかけた。「電話が一本かかってくるんだ。ちょっと待っててくれ。ロビン、今のうちに引き込み線のことを説明してあげようか。前もって話を聞いておけば実際に見たときにもっと興味がわくだろ」

ロビンのなかで礼儀と興味がうまい具合に合体した。お願いしますと少年は答えた。

「じゃあ略図を描いてみるか。ここが技師の悪い癖でな、略図がないときちんと説明できないんだ。ほれ」カー氏は紙の下のへんにまっすぐ横線を引いた。「ここが海岸。で、ここが」線のすぐ上に半円を描いた。「ライマスだ。内陸に向けて川が上っている。さて、きみらも見たとおり、町と川は高台にはさまれた深い谷間にある。海岸に沿って東西に走っている鉄道は、従って町よりずっと高い位置で駅に近づくわけだ。鉄道を建設した際、当時の関係者は谷間に高架橋をかける費用を工面できなかったので、線路を両側ともに内陸へ入れて小さな橋でライ川を渡れるよう下らせたんだ。こんな具合に」カー氏は鉄道の線を引きながらUの逆さまを描くように上のほうで曲げた。「わかるかな」

ロビンはうなずいた。

「この環状線のせいで、どの列車も十キロ近く余分に走ることになった。しかも川の流れている地点ではかなり車体を傾かせながら。最近まではそれでもよかった。だが今ではコーンウォールの各地で炭鉱が開発され、重い石炭を積んだ列車が走るようになったから、放置できない状況が生まれた。問題は余分な距離じゃなく傾斜だ。傾斜があるために列車の積載量がぐっと落ちたんだ。そこで町のすぐ北にある谷間に高架橋を建てることになった。我々の今の作業がそれだ」

ロビンは真剣な顔で耳を傾けている。カー氏は話を続けた。

「高架橋のほかにもいくつか小さな仕事をしている。ここに駅を造るし」氏は指で示した。「町の西側にね。そこから新しい支線を敷いて、すぐに丘を通す。もうほぼ半ばまで来ているんだ」

「昨日ぼくら、パワーショベルを見てきたんだ」ジャックが口をはさんだ。

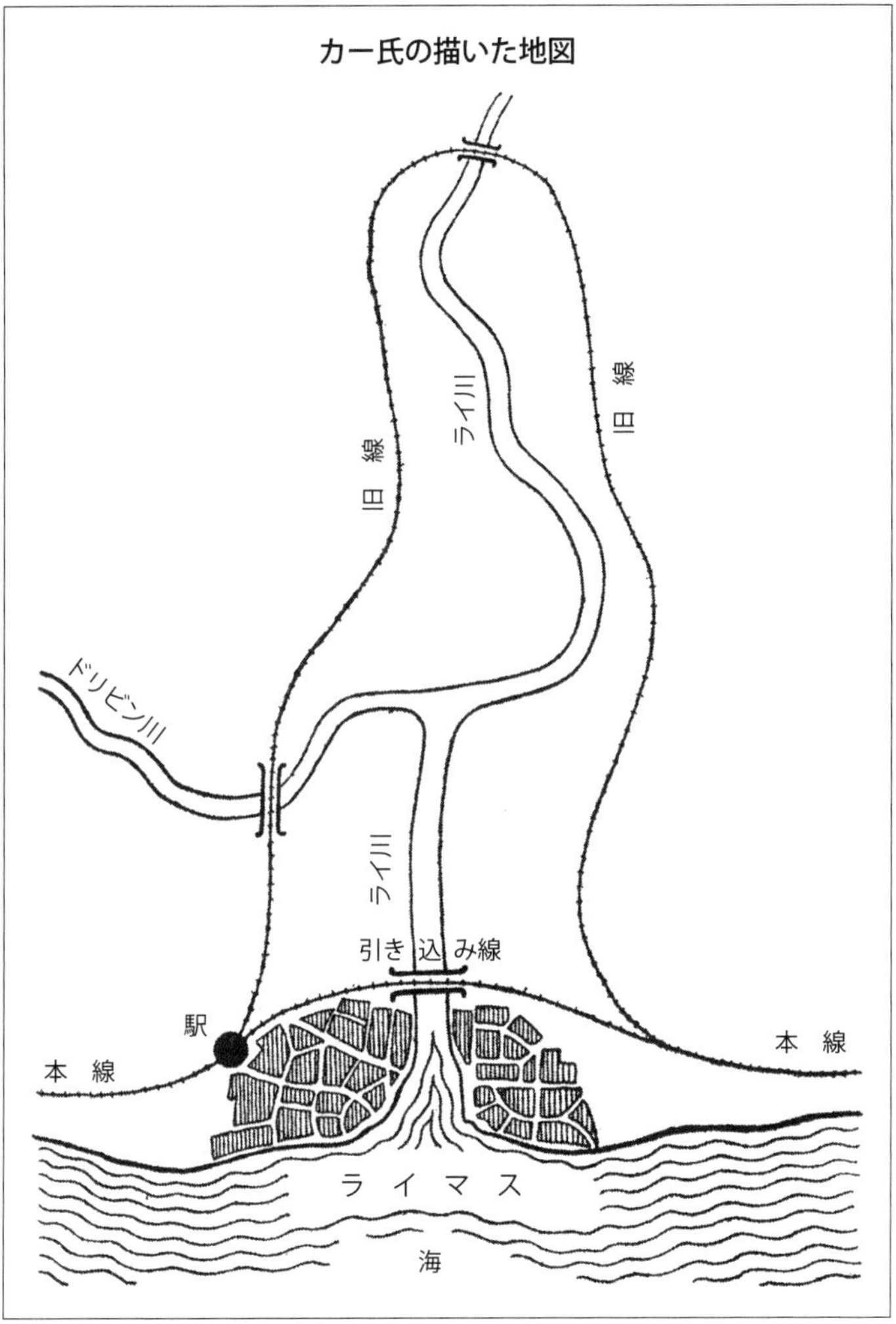
カー氏の描いた地図
旧線
ライ川
旧線
ドリビン川
ライ川
引き込み線
駅
本線
本線
ライマス
海

「ほう、そうか。ショベルと駅のあいだに陸橋が三つある。みんな完成している。そこの切通しから土を運んで、西側の橋台のそばに土手を築くんだ。うちのすぐ外だよ。きみら、これも見ただろうな。東側でも作業は同じだ。高架橋をかけて、在来線との合流点まで平地と切通しを広げるんだ」

「これ、どうして引き込み線ていうんですか」ロビンがたずねた。

「どうしてって、名前のとおりさ。在来線から分岐して、また合流するんだ」

ここで電話が鳴った。カー氏は用件をすませてから息子たちのほうを向いた。

「さ、行くか。二人とも、いうまでもないが、チビ助を見つけても向こうに悟られちゃだめだぞ。これからそこいらじゅうを案内してやろう。だから我々が人を捜しているとは誰も思うまい」

「細心の注意を払うよ」ジャックが答えた。

「もう一点――なんだか要求項目一覧って感じだな」カー氏は苦笑した。「だがこれは大事だぞ。二人とも、もう洞穴には決して行かないと約束してくれ」

ジャックはうつむいた。口を開こうとしたが父に機先を制せられた。「そいつらだって、誰かに正体を見破られたとそのうち悟るだろう。その誰かがきみらであってはいかん。わかるな」

父がこういう命令を下すときには、たいがい当然の理由があることはジャックも承知していた。

少年たちはしぶしぶ約束した。

「じゃあその辺を歩いてみよう」

三人は小屋を一軒ずつ見て回った。内部のようすを点検するふりをしながら、居合わせた作業

員の顔を確認するのが目的だ。まず倉庫に近づいた。仕事で用いることが予想される品物がすべて瓶《びん》詰めにされたり、棚にきちんと積まれたりしている。次は営繕《えいぜん》場だ。長椅子が六脚と、いろいろな動力駆動の工具が置いてあった。

「この場所ではありとあらゆる作業をしているんだ」カー氏が説明した。「でもおもには物をかたちにすることだな。あの型にコンクリートを流し込む。桟橋に行けば実物が見られるよ」

営繕場のとなりに鍛冶工場があり、工具の調整や小物の製造がおこなわれていた。衝風《エアー・ブラスト》が炉床《ろしょう》に向けて流れると、薄赤い石炭がさっと白くなったり、きらきらした赤い火の粉が輪転《りんてん》花火のようにぱっと飛び散ったりしている。ロビンは目を輝かせた。節《ふし》くれだった太い腕をした大柄な鍛冶職人が〝かんざし〟スパナを引っ張り出し、真っ赤に燃える先端を金槌《かなづち》で何度かすばやく叩いた。先端はみるみるきれいに尖《とが》っていった。職人は鍛え具合を調整するために先端を水につけた。

三人は次に組み立て工場へ行った。旋盤《せんばん》や穿孔機《せんこうき》が動いており、油じみた青デニムの作業着姿の男たちが耐火性機械を相手に悪戦苦闘している。個々の部品は万力に固定してある。さらに三人は、コンクリート補強材となる鉄骨を型板《テンプレート》に合わせて曲げている（「あの鉄骨は桟橋で使われるんだよ」）ところや、鉛管工場、塗装工場、各種工事の現場監督の小さな執務室をそれぞれ訪れた。戸外の作業場へも行った。線路や枕木など大型資材が積んであった。また、クレーンが土を無蓋《むがい》貨車に運んでいたり、機械がレンガ職人用に漆喰《しっくい》を混ぜたり、様々なことがおこなわれていた。少年たちはカー氏の案内であちこちに足を運び、関係者の顔をすべて確かめたが、チビ助の顔は見つけられなかった。

「ふむ、みんながんばっているな」作業場を離れながらカー氏が言った。「だがともかくきみらは引き込み線をくまなく回って、全員に会わないといかんな。もう一度、二人でパワーショベルや橋や荷揚げのようすを見にいったらどうかな。一時間後に荷揚げ用斜面で待ち合わせてから桟橋へ行くことにしよう」

切通しにもチビ助らしき人物はいなかった。少年たちはショベルの横を通り過ぎ、駅の手前にある橋まで歩いた。どの橋にもロビンは妙な感じを抱いた。にぎやかな通りを支えている正真正銘の橋なのに、どこにもかかっていない！　てっぺんの高さが周囲の土地と同じだ。切通しが達して初めて土地を掘ることになっているのだ。

「どうもよくわからないな」ロビンが言った。「よくあそこにああいうのをいくつも造れたね。それもちゃんと。橋とか、高架橋の栈橋とかさ。よほど測定が正確なんだろうな」

「シリル・フレンチに聞いてみろよ」ジャックが答えた。「ほとんどの設計を担当してるから説明してくれるさ」

「その人、技師なの？」

「ああ。まだ若いから、おれもシリルって呼んでる。わりといい人だよ」

「珍しい名字だね——フレンチか。同じ名字の有名な警察官がいるけど」

「知ってる。シリルの伯父さんだ」

とたんにロビンの心臓が停まりかかった。

「ええ⁉　フレンチ主任警部が伯父さん⁉　ちょ、ちょっとそのシリルさんに会ってみたいな」

「会えるさ。そのうちどこかで顔を合わすだろ。べつに話しておもしろい人じゃないけど」

「そうか。でも、あの主任警部が伯父さんだなんてすごいな！」

「だからってシリルがすごいわけじゃない」

ロビンはむっとしながら思った。こいつ、たまに話が通じないときがあるんだよな。夢がないのかよ、おまえには！　よし、シリル・フレンチとの出会いを心から楽しもう。ジャックのことなんか放っておけ。

橋のまわりにも、バラスト運搬車のなかにも、ごみ処理場にもチビ助は見当たらなかった。やがてカー氏が合流した。三人は栈橋を一つずつ点検していった。

大変な作業だった。桟橋は九箇所、橋台は二箇所あり、移動するだけでも時間がかかった。三人はまずカー家近くの川岸にある第一桟橋に行った。内部の長い階段を辛抱強く上って、再び新鮮な空気と日光の当たるところに出た。

まだ完成途中の桟橋ながら、一番高いところに立つとやはり眺めはすばらしかった。西側の川岸にカー家が建っている。あそこがぼくの寝室の窓だな。ロビンは嬉しくなった。反対側の川下に目を向けると、丘に囲まれた町が見えた。家並みの向こうに海が広がっている。東側に第二桟橋があった。背後で作業が進められているようだが、ここからはわからない。

てっぺんに鋼鉄が〝おさまって〟いる。工場で曲げられていた棒がここでは所定の場所に置かれてある。作業員が一種の骨組みを造っている。このあと、まわりにコンクリートが注がれて、骨組みを覆い隠すのだろう。

「きみらにはぴんとこないかもしれないが」カー氏が語りだした。「コンクリートは外からの圧力に対する耐久性に優れている。つまりコンクリをつぶすにはものすごい重量が必要なんだ。でも、いわゆる張力《テンション》――内から外へ向けて引っ張る力――に対してはあまり強くない。対照的に鋼鉄は張力に対する耐久性に優れている。鋼鉄製のロープを使えばとてつもない重量の資材を運べるぞ。現在、桟橋や梁《はり》や舗装道路にこの二種類の力が利用されていて、箇所に応じて砕いたり引き裂いたりしている。我々が現在やっているのは、双方の性質を利用するためにコンクリのなかへ鉄骨を埋め込むことなんだ。コンクリは圧力に強く、鋼鉄は張力に強い。もちろん目的はほかにもあるが、おもにはそうだ。今の説明でわかったかな」

はいとロビンは答えた。だけどずいぶん細かい点まで考えてあるんですね。

舟で渡った次の桟橋では、置かれた長い鉄骨がコンクリートで固められていた。基底にある臨時桟橋に石油発動機があり、攪拌機《かくはんき》を動かしている。攪拌機から、どろどろのコンクリートがいくつも並んだ大きな器に注ぎ込まれ、桟橋のてっぺんに運ばれてゆく。三人がさらに百段も上がって辿り着いたそのてっぺんでは、運ばれた器の中味が鉄骨のまわりに空けられていた。隙間ができないようにと、突き槌《ランマー》を手にした男たちが鉄骨の位置を直している。外側を取り巻くように営繕場で造られていた骨組みが置かれてある。桟橋の輪郭をなしているこの骨組みは、各箇所のコンクリートが固まるまで定位置を保ち、それから次のコンクリート工事のために引き上げられる。

桟橋と川の向こう側の作業をすべて点検するのに午後いっぱいかかった。だがチビ助の姿はどこにも見当たらなかった。

第四章　不吉な警告

引き込み線を端から端まで歩けば、重要な地点はすべて調べたことになるとロビンは思った。だが翌朝になると、そうではないことを知った。

「ぜひともチビ助を見つけたいな」朝食の席でカー氏が言いだした。「今日はどうするつもりだね」

「まだ何も決めてない」ジャックが答えた。

「だったら駅のあたりを歩いてみたらどうだ。ポッターに何もかも準備しておいてくれと言っておこう。作業員たちの顔も確かめなきゃいかんし。ジャック、ポッターを知っているよな。管区担当の技師の助手で、いいやつだ」

「うん、知ってる」

「じゃあ一時間後に父さんの事務所で落ち合おうか。チビ助を見つけられたら、残りの作業もとんとん拍子で進むぞ」

ロビンは午前中を楽しく過ごした。カー氏に見送られて少年たちは駅にある管区担当技師の事務所へ行き、ポッターと会った。年齢は三十歳前後か、妙にためらうような歩き方をし、姿の見えない獲物を追いかけているとでもいいたげな、前方をじっとうかがうような目つきをした男だった。おれはこれから点検に回るんだ、よかったら連れてってやるよと、たたみかけるような口ぶりで少年たちを誘った。三人は駅周辺の場所をすべて見て回った。プラットホームと事務所、客車操車場、信号扱所、貨車操車場、倉庫と事務所、機関車操車場（ロビンにとってはどの空き地も操車場に見えた）、円形機関車庫、小さな管区作業場、線路操車場と作業場（後者は引き込み線沿いにある作業場とよく似ていた）、駅から出ているバスやトラックの車庫。どこもかしこも興味深かったが、ロビンの心をとりわけ躍らせたのは、信号扱所の電飾ダイヤ表だった。

額縁に入って天井から吊るされたその表は、客車操車場に関する大きな計画表で、路線の位置はもちろんのこと、ポイント接続や信号の各地点がすべて示されていた。路線は背後から光を当てられ、ぴかぴか輝く細い布地のように見える。だがおもしろいことに、線路上に実際の列車が走っている場合、対応する場所の光は消えるのだ。だから操車場のどの路線についても、今は空いているかどうかが一目でわかる仕組みになっていた。表の各所が暗くなったり明るくなったりするから、列車の通過状況を目で追ってゆけるわけだ。

三人が最後に訪れたのが線路関係の作業団のところだ。ふと見ると、現場監督が部下から数メートル離れてひざまづき、線路上を点検していっている。位置の下がっている枕木が見つかれば全体を均す必要があるためだ。監督が部下のもとに戻ると、いくつかの枕木の下に全員で道床《どうしょう》を押し込み始めた。

「こんちは、ジャクソンさん」ポッターが監督に声をかけ、相手にやってほしい作業の話をし

だした。難しそうだが無理に持ち出したような話題だった。

　ロビンは何気なくまわりを見回した。と、そのとき、心臓がどきっとした。あいつ、作業員に混じって修理しているあの男、チビ助じゃないか！

　ロビンはチビ助からさっと目をそらして必死に平静を装った。つらい動作だ。やがてポッターと監督の話が終わったのでほっとした。ジャックとポッターと三人で作業員たちの姿が見えなくなる地点まで黙って歩くと、ロビンは意味ありげにジャックの顔を見た。ジャックもうなずいた。

「うん、あいつだ」

「ん？　捜してる男を見つけたのか」ポッターが言った。

「ああ、灰色の帽子をかぶった小さくて一番ずんぐりしたやつ」ジャックが答えた。

「ジャイルズか！」ポッターも驚いた。「あれがチビ助とはな！　きみら、いい度胸してるよ。今初めて知ったんだろ。顔色一つ変えないとは。とにかくよかったな！」

　少年たちはていねいに頭を下げた。

「こんなことがあるのかなあ」ジャックがしみじみ言った。「おれたち、ぜーんぶ歩いて回ったんだ。まず引き込み線、それからこの駅全体。で、最後に来た場所で見つけるなんてね」

　ポッターは吹き出した。「まるで世の中にうんざりしてる皮肉屋みたいな言い方だな。ほれ、すなおに喜べよ。とにかく相手を見つけたんだ」

「うん、そりゃ嬉しいよ。最高の手腕を発揮した結果だから」ジャックはにやりとした。「本題に戻ると、ジャイルズって、名前はなんていうの？　親父が知りたがると思うんだ」

「サムだ。だがそんなのどうでもいい。やつは引き込み線の作業員じゃない。あとはおれたちに任せて、きみらは早く家に帰って報告しろ。親父さんからこっちに連絡が来るだろう」

「わかった」ジャックは答えた。少年たちはポッターに礼を言い、彼をプラットホームに残して立ち去った。

ジョン・カーは満足げに息子たちの話を聞いた。

「朝の一仕事だったな、ご苦労さん。これで次にやることが決まった」

「どうするの」ジャックがたずねた。

「誰かにチビ助の行動を見張ってもらうんだ。うまくすれば盗品を買うやつや盗んだやつの居所まで行き着けるかもしれない。どうしたらいいかな。とにかく管区の仲間と相談してみるよ」

「お父さん、警察に話すの?」

カー氏はしばらく黙ってから口を開いた。

「あまり気が進まないな。話さないと決めたわけじゃないが。管区のみんなは反対するだろう。これが窃盗事件だとはっきりすれば、あとは警察の仕事だが。そうでないなら内部で処理する問題だ」

「あの――」ロビンが遠慮がちに口を開いた。「ぼくらにはもうやることはないんですか」

「今のところはね。だがきみらは実によくやった。できたらもうこの件は忘れたほうがよさそうだ」

ここまできて忘れるなんて無理だとロビンは思ったが、翌朝に一つの事件が起きたために、無理というより不可能であることがはっきりした。その一件の影響で、胸を躍らせてはくれたものの、どこか他人事《ひとごと》のように思えていた問題が、少年たちにとって個人的な関心事となった。

当日の朝、ライ川を小舟で上ってドリビン川が合流するところを越えてみようと二人は決めた。水がきれいで、船積みや引き込み線の作業にじゃまされない箇所まで来たら、昼食をとって魚釣りをしよう。

朝食がすむと、お手伝いのエイダがサンドイッチやタルトパイ、果物、レモネードを入れてくれた大きなかごを持って二人は家を出た。今日は楽しく活動できるぞ。二人はオールとオール受けを舟まで運んでから舟を川面に浮かべて漕ぎだした。

「おい」ジャックがすぐに言った。「ふざけたことをしたやつがいるな。ほら」

指で示されたほうにロビンも目を向けた。ふつうなら取りはずしたりしない舵《かじ》が舟に上げられ、後ろの漕ぎ座に載せられている。

「馬鹿なまねをするもんだ」ジャックが腹立たしそうに言った。「誰が乗ってたんだろ」

「なんでこんなふうにしたのかな」ロビンも応じた。

「ああ、ほんとに頭がおかしいよ。よし、元に戻そう」

ジャックは舵を持ち上げた。が、すぐにまた置いてそのまま立ち尽くした。

舵の下に一通の手紙があったのだ。宛名は〝ジャック・カー様〟で、粗末な紙質の封筒に不ぞろいな文字がブロック体で書きなぐられていた。ジャックは手紙をさっと手に取ると、もどかしげに封を開け、一枚の紙を引っ張り出した。そうしてぽかんと口を開けて文面を読んでいたが、

やがて押し殺したような叫び声を上げた。ロビンは友の肩越しに覗き込んだ。
便箋《びんせん》には封書と同じく乱暴なブロック体の文字が印刷されてあり、住所も日付けもなかった――。

おめえもダチ公も首を突っ込むな。おめえらが洞穴にいて、話をみんな聞いてたことはわかってる。おふくろさんをケガさしたくなけりゃ、すっこんでろ。よけいなことをべらべら人にしゃべったりしたら、おめえらの死体がライ川に浮かぶことになるぞ。わかったな。

だんな

追伸　この手紙はチビ助には見せるな。やつは何も知らねえんだ。

ジャックはひゅーと口笛を吹いた。

「すげえ！　これ、どう思う」

全身がぞくぞくするのをロビンは抑えられなかった。こういう手紙のことは本で読んで知っていたが、まさかほんとに存在するとは……。でもこれは本物だ。しかも自分と一番の親友に宛てて書かれているのだ。内容もすごい。ぼくとジャックを殺すぞと脅《おど》してる！　実際、二人は危険に陥《おちい》っている。なにしろもう〝べらべら人にしゃべっ〟てしまったのだから。

ロビンはふと気づいた。あれ、ぼく、怖がってないな。心から湧き出てくるのは恐怖ではなく歓喜だ。感じるのは〝いやだな〟ではなく〝楽しいな〟という気持ちだ。ジャックも表情からすると、どうやら同じ心境にあるらしい。

だがジャックの顔はすぐ元どおりになった。お、さすがだな。ロビンはあらためて友の冷静な性格に驚いた。

「こいつはただ事じゃないぞ、キューリー」ジャックは重々しく言った。「おれたちの想像以上に奥が深そうだ。あまり騒ぎ立てちゃまずい。たぶんおれたち、どっかから見張られてるんだ。ここに書いてある要求に従うふりをしないと。これはあとで親父に見せよう」

友の言葉にロビンはますますぞくぞくした。しかしともかくそのとおりだ。ロビンはすぐにうなずいた。

「ああ、そうだね。今から上流へ漕いでいきながら、これからどうするか決めよう」

二人はそれぞれ自分の役割をうまく演じた。今の状況について話し合うふりをしてしばらくぐずぐずしてから、この件は自分たちの秘密にしておこうと決めたかのように、オールを漕ぎだした。だが実際はまだ話を続けた。ジャックの頭のなかでは次第に計画がまとまっていった。

「あのさ、このままライ川を上るよりドリビン川に出てから陸に上がって、親父のいる事務所に行かないか。で、指示を受けたらライ川に戻って、また上っていこう」

「うーん、あんまり賛成できないな。操車場を歩いてるところを誰かに見られそうだ。チビ助がそれを聞いたらぼくらの計画に感づくかもしれない」

「じゃ、この手紙はチビ助が出したのか？」

「きっと何か知ってると思う。昨日ぼくらがあいつの姿を見たからじゃないかな」

「なるほどな――気がつかなかったよ」ジャックはいったん黙り、また口を開いた。「だけど、操車場に行かないなら、これから何をすればいいんだ。親父にすぐこの手紙を見せないと」

ロビンの頭にある考えが浮かんだ。

「予定どおりライ川を上ろうよ。そのあとで陸に上がっておじさんに電話して、車で迎えに来てもらうのはどう？」

ジャックは迷った。いい考えだけど、親父がうんと言ってくれるかな。

「ぼくらの命が狙われてるって話せば、きっと聞いてくれるよ」ロビンは粘った。

「わかった。やってみよう」

ライ川を三キロほど上ると小さな村があり、ちっぽけな公園に電話ボックスがあった。ジャックは陸に上がると電話をかけた。ロビンは小舟に残り、土手でひなたぼっこをしている二、三人の老人に見せつけるように、えさを釣り糸につけた。

そのうちジャックが戻ってきた。ずんぶん時間がかかったなとロビンは感じた。

「あちこちかけまくったよ」ジャックも老人たちに聞こえるような声を出した。「だけどだめだった。どの店もおもりは売ってないってさ」

小舟がかなり遠くまで来たところで、ようやくジャックは電話の内容を語りだした。

「親父、手紙のことを話したらかんかんに怒ってたよ。すぐわかってくれた。三十分後にディングルノールで落ち合おうってさ」

第五章　行動開始

ディングルノールは八百メートルほど上流の川岸にある低い丘だった。村からは死角になっている湾局部を過ぎたところにあり、木々の陰に隠れて道路からは見えなかった。ピクニックをする人々には格好の集合地点だったが、さびしい場所だった。まあ、こんな早朝にはピクニックを楽しむ人など多くはなかろうが。

わざとのんびりオールを漕ぎ続けた少年たちは、岸に舟をつけると陸に上がり、絶壁に立った。

五分後、カー氏がやってきた。

「どうなってんだ、いったい」路上で起きたけんかの原因を調べる警官さながら、ことさらぞんざいな言葉遣いをした。「つまらん探検ごっこに付き合わせるために、おれをこんなところに呼び出しやがったんなら、おまえらの息の根を止めてやるぞ！」

「向こうもぼくらの息の根を止めたがってるみたいだ」ジャックが答えた。「これ、読んでみて」

カー氏は顔色を変えた。眉をひそめ、気味悪いほど静かになった。

「どこでこれを見つけたんだ」

ジャックが説明した。

「ボートのなか？　じゃ、おまえたちが川を上ることを、これを書いたやつは知ってたのか。誰に話したんだ」

「べつに誰にも。話題にはしたけど、家のなかだけだよ。でもお父さん、深い狙いがあるわけじゃないと思うよ。いつだったかよく覚えてないけど、ぼくが今まで休日を過ごしたなかでボートを出さなかった日が何日かあったんだ」

「おまえ以外は誰も使わなかったのか？」

「昼間はね。それから、みんなで夜に出かけるとすれば、真っ先に乗るのはぼくでしょ」

カー氏はうなずいた。

「なるほどな。つまりおまえの習慣を知っているやつがいるわけだ。ああ、いいからいいから」父は息子の返事を待たずに言葉を継いだ。「今は心配しなくていい。おまえたちの行動は引き込み線のみんなに知られているだろう」

「ぼくらずっと見張られてたんだよ」ジャックが自慢げに言った。「だから事務所に行くのは危ないと思ったんだ」

「賢いな。それがチビ助を見つけるという結果を生んだわけだ。おまえたちが調査している話はみんなも聞いていて、その理由をうわさし合っている」

「だと思ってた」

「二人とも、この一件に首までどっぷり浸かっている感じだな。気をつけないとほんとに危ないぞ」

「ぼくら、どうしたらいいの？」

「今のままでいい。自分たちの目的を軽々しく人にしゃべらなければだいじょうぶだ。この封書はこちらで預かっておく。さ、二人で釣りに行くなら行ってきなさい。今夜にでも今後の行動について話し合おう。あ、それから、お母さんには何も言わなくていいぞ。不安がらせるだけだから」

「わかった。お父さんは夜までどうするの」

「まだ決めていない。いずれにしろ、ここは話し合いの場にはふさわしくないな。さ、行きなさい。心配するな。おまえたちは安全だ」

カー氏は手を振りながら木々のなかへ消えていった。

「さてと」ジャックが友のほうを向いた。「方針は決まったな」

「おじさんに話せてよかった」ロビンはきっぱり言った。「ちょっと前まで落ち着かなかったけど、もうすっきりした」

「親父がうまくやってくれるよ、ぜったい。さあ出発だ。早くこの場を離れよう」

気になることがありながらも、二人は大いに楽しい時間を過ごし、とくに変わった事件にも遭わないまま午後遅くに帰宅した。夕食後、川を上ってみたいというカー氏の希望を受けて、少年たちは再び小舟を出した。

「あの手紙を警察に見せたんだ」舟が陸からかなり離れたところでカー氏が話し始めた。「管区事務所まで行ってポッターと彼の上司のシンクレアに会った。で、警察に電話したら私服刑事が一人来たよ。我々は一つ大きな間違いを犯したな」

「なんのこと?」ジャックがむっとしたようにたずねた。そんなわけないよといいたげだ。

「手紙の扱いだ。三人とも指紋のことを忘れていただろ。刑事からまずそれを聞かれた」

ロビンは無言だったが、恥ずかしさでいたたまれない気持ちだった。捜査は自分の専門分野ではないか。今までずいぶん研究してきて、指紋を確かめるのがまず重要な点であるのは百も承知のはずだった。なのにいざ本番を迎えると手ひどい失敗をしでかした。ジャックやカー氏も同じく軽率だったことなど、なんの気休めにもならない。二人は捜査の専門家ではないのだから。

「まだぼくらがだめにしてない指紋が残ってるかもしれませんけど」ロビンはおずおずと言ってみた。

「刑事はもちろん確認していたよ。わたしも指紋を採られた。あ、それで思い出したが、きみらの指紋も採りたいそうだ。明日の午前中に警察署まで来てほしいとさ。だがはたして行く必要があるかな。きみらが本当の目的を人に話してしまったことは警察に知らせないほうがいい」

「キューリーが指紋を採れないかな。足跡を採れるんなら指紋もできるでしょ」

「わたしもそう考えてたんだ」カー氏も応じた。「どうかな、ロビン。やれるか?」

一瞬にして沈んだ気分は吹っ飛んだ。ロビンは再びやる気満々になり、わくわくしだした。

「ええ、もちろん。任せてください。だけど印刷ローラーとインクがいるな」

「写真用のスクィージ(ネガやプリントから余分な水分を取る器具)でどうだ。事務所に古いのが一つあるぞ。それから瓶入りの墨汁《ぼくじゅう》でよければインク代わりに使ってくれ」

「スクィージはもってこいです。だけどインクは、印刷用か、謄写版原紙《ステンシル》にタイプした文章を複写するのに使うやつじゃないと」

「ミメオグラフ（米国製のステンシル印刷による文書複製機）で使うものか？　事務所にたっぷりあるぞ、チューブ入りのが」

「あ、そうです。あと、小さなガラスの皿と、表面がなめらかな質のいい紙かカードがあれば」

「みんな事務所にある。すぐ陸に上がって準備しよう」

三人は引き込み線の桟橋で舟から降りると、桟橋と操車場とをつないでいる側線沿いに歩いていった。

「それから刑事が言うには」カー氏が言葉を継いだ。「〝だんな〟ってやつの情報をもっとほしいとさ。指紋の件を片づけたら、そいつの似顔絵を二人で描いてくれ。正確なのを頼むぞ」

「うん、だいじょうぶ。しっかり顔を見たから」ジャックが答えた。

「うまい似顔絵を描くのはなかなか難しいぞ」

「一生懸命やるよ」

「工具を盗んだのはジャイルズでしょうか」父子の会話が途絶えたところでロビンがカー氏にたずねた。

「いや、違うだろうな。ジャイルズについて少し調べてみたんだが、洞穴であいつが言っていたことは本当だ。自分では盗まず、盗人《ぬすっと》から買い手に品物を渡す役目を引き受けているんだ」

「どうしてわかったの」ジャックがたずねた。

「簡単さ。盗まれた工具の一つはディーゼル機関車にあったグリース注入器だ。機関士のマシューズの話では、ジャイルズが新しい注入器の使用を申請していたそうだ。古いのはどうなったんだと思い、確かめてみると自分の工具箱から消えていたとマシューズは言っていた。つまり盗まれたに違いないと。『まさか』とわたしは答えたが、いつなくなったことに気づいたのかを聞き出したんだ。すると、当日の午前十一時にパッキンを取りにいったときにはあったが、午後四時に油を塗ろうとしたときにはなくなっていたそうだ」

「おじさん、探偵の素質がありますね」ロビンはくすくす笑った。

「チビ助は当日の十一時から四時まで仲間と一緒にいたと、ポッターが証言している。つまりチビ助は盗んでいないわけだ」

「でも誰が盗んだかはわからないんだね」ジャックが言った。

「それをこれから調べるのさ。その五時間のあいだに機関車を離れなかったかとマシューズに聞いたところ、離れたことをしぶしぶ認めたよ。三時ごろ、パワーショベルを扱っているスピアーズのもとへスパナを借りにいったらしい。一、二分待ったところで、スピアーズが使いやすいのを見つけてくれたと言っていた。それからマシューズは夕食時間のあいだ、あたりをぶらついたが、機関車の見える範囲にはいたそうだ。注入器はそのどちらかの時間帯に盗られたに違いない」

「とすると、誰が機関車のそばにいたかをこれから探るんですか」ロビンが遠慮がちにたずねた。

「そうだ。たやすい作業じゃないだろうが。盗んだやつはいくらか工具の知識を持っているに違いない。それに機関車の近くで姿を目撃されているかもしれない。当日に該当する男がいたよ。ジェイク・ハートという整備工だ。パワーショベルの軸受け《ベアリング》の一つを扱っている」

「整備工は犯人像にぴったりじゃありませんか？」ロビンが応じた。「ほかの工具を誰にも見られず盗めそうだから」

カー氏はうなずいた。

「そのとおり。盗まれたのが注入器だけならマシューズを疑うところだが、ほかの工具もからんでくると、それぞれの作業場に出入りできる人間でないと無理だから、マシューズは除外してよさそうだ」

「ハートってどんな男なの」ジャックがたずねた。

「どうも好かんやつだ。腕はいいが礼儀知らずで、いつも人を小馬鹿にするというのか、上から見下ろしたような態度を取る。アメリカ西部に長く住んでいたそうで、二丁拳銃マイク――デッドウッド峡谷《きょうこく》を根城にしていた牛泥棒だ――によく似ているよ」

「いかにも怪しそうだね」

「今のところは第一容疑者だな。だが犯人だと断定するのはまだ早い。同じころ機関車のまわりにはほかに数人いたから」

三人は事務所に着くと、紙やインクやスクィージやガラス皿をそろえた。ロビンが例によって慎重な手つきで作業を始めた。まずガラス皿の上にインクを少し搾《しぼ》り出し、ごく薄く平らな層になるよう伸ばしていった。

「ジャック」ロビンは友に顔を向けた。「指と手の力を抜いて。肩の力もね。自分から指を押しつけないで、ぼくが指を動かすとおりにして」

ロビンはジャックの親指をつまむと、爪の右端を下向きにして指の横腹を皿につけた。そうして、爪の左端が下向きになるまで指をぐるりと回した。この動作をロビンは紙の上でもおこなった。これで無事に印刷が完了した。ジャックの蹄状紋《ていじょうもん》や渦状紋《かじょうもん》や弓状紋《きゅうじょうもん》がくっきりと紙に刷られた。ロビンは残りの指についても淡々と同じ作業をした。

「そうそう、わたしも警察でこんなふうにされた」カー氏が言った。「ところでロビン、きみの指紋はどうするんだ」

「おじさんにお願いしたいんですが」

やがてロビンの指紋がジャックの指紋の横に並んだ。次に少年たちは〝だんな〟の人相風体《にんそうふうてい》を記す作業にかかった。カー氏は警察から必要な項目の一覧表を渡されていた。氏名や職業や年齢などは別として、記入しようにもできない項目もいくつかある。体格に関しては、がっちりしている（もしくは恰幅《かっぷく》がよい）か、中肉か、ほっそりしているか、猫背か肩が張っているか、ずんぐりしているか、のなかから選んだ。髪に関しては、色はどうか、太いか細いか、ほとんどはげているか一部はげているか、縮れ具合はどうか、髪型はどうか、わけているか、結《ゆ》っているか、のなかから選んだ。ほかの特徴に関しては、目や鼻をぴくぴく動かすかどうか、歩き方は速いか遅いか、歩幅は広いか狭いか、眼鏡はかけているか、杖はついているか、話すときにつっかえるか、声はしわがれているか、か細いか、といった項目があった。最後の装飾品に関しては、どんな品をからだのどこに身につけているか、とあった。項目は全部で三十二で、その多くは少なくとも十二以上の小項目にわかれていた。

「あ、まずい！」ジャックが叫んだ。「十番目の項目は答えられないよ」

「だから難しいって言っただろ」父が言った。「でも見かけほどじゃないんだ。たとえば十六番の項目だと、〝ひげ――色、短い、無精ひげ、長い、先が尖っている、先が上向いている、カイゼルひげ（ドイツ皇帝ヴィルヘルム二世のひげのように、両端がぴんと跳ね上がったひげ）か〟となっている。だんなのひげはこのうちのどれだね」

「これは簡単さ」ジャックが答えた。「生やしてなかった」ほとんど同時にロビンも小声で続いた。「きれいに剃ってありました」

「ほう、よく見ていたな。じゃ十六番はすんだ。ひげ――なし。次は十七番だ。あご――小さい、大きい、四角い、くぼんでいる、二重になっている、平べったい、弓形になっている。ふむ、こっちのほうが答えづらいな。あごはどうだった、ジャック」

ジャックは少し考えてはきはき答えた。

「小さいというより大きかった。四角い、うん、たしかそうだ。くぼんではいないし、二重でもなかった。平べったいと弓形って、意味がわかんないな」

「大きくて四角いあごなら、平べったくて弓形のわけはないな。ロビン、きみの意見はどうだ」

「ジャックと同じです。大きかった。すごく大きくはないけど。それから四角かった。意志が強そうに見えました」

「よし、それで十分だ。あご——四角く、いくぶん大きい。意志が強そうに見える。こんなふうにやればいいんだ。項目を整理してから、それぞれについて我々の結論を記していこう。次は体格」

体格については意外に時間がかかったが、どうにか正確に記述できた。

「こいつはぜったい役立つぞ」カー氏は明るい声を出した。「当てはまらない人間を除外できればな。明日の朝すぐ担当刑事の手元に届くよう手配しておくよ。それから、きみらはふつうに生活している限りぜったい安全だと、警察も請け合ってくれるはずだ」

「わかった」ジャックが答えた。「ぼくらべつに心配してないけど」

「だろうな。あと、いうまでもないが、誰かに聞かれそうな場所ではこの件は内緒だぞ。さ、戻ろう。もうオールを漕ぐには遅い時刻になってしまったが、ボートは家に戻さないと」

あたりが暗いなか、三人は側線沿いに桟橋まで歩いて戻った。

「あの担当刑事、なかなかの人物だぞ」カー氏が言った。「マーティン警部というんだが、かなりの腕利《うでき》きじゃないかな。飲み込みが早いし、無駄な質問はしない。あの人ならすぐに解決してくれそうだ」

「なんだか」とぼとぼ歩きながらロビンが口を開いた。「〝だんな〟は地元の人間だって気がする。だとすればわりにすぐ見つかりそうだ」

地元の人間だという説にカー氏も賛成した。わずかばかりの工具を買うために、わざわざ遠くから来るとは考えにくい。

「あ、そうだ」ロビンはぱっと顔を輝かせた。「あいつ、工具関係の商売をしてるんじゃないかな。これは手がかりになりませんか」

「うむ、なるな」カー氏は答えた。「ライマス程度の規模の町で、そういう商売をしていて人相も合う人間が大勢いるわけがない」

謎の解明の時期が早まったなと三人は喜んだ。

しかし、マーティン警部の事件調書の最後に〝完〟という文字が書き込まれるまでに、別の難問が浮かび上がってくるとは、三人とも想像すらしなかった。

第六章　緊張を感じるシリル・フレンチ

ロビンは、もう引き込み線自体のおもしろそうな箇所はすべて見たものの、引き込み線の職員でぜひ会ってみたい人にはまだ会えなかった。シリル・フレンチだ。

対面できたときのようすを想像すると胸がわくわくした。フレンチ主任警部については、今までずいぶん本を読んできたので、見ず知らずの人という感じがしなかった。警部のちょっとした癖も知っているので、こういう状況ではこんな行動に出るのだろうと、ロビンはだいたい予測できた。シリルも伯父さんと似たような人なのかな。どちらにせよ警部に近い存在の人と向き合ったら、嬉しすぎて心臓が停まってしまうかもしれない。

「ねえ、モック」翌日の朝食後ロビンは友に話しかけた。「シリル・フレンチさんとのことはどうなったの。できたら早く会いたいんだけど」

引き込み線まで足を運ぶ必要のある提案なら、ジャックはなんでも必ず喜んで受け入れてくれると、すでにロビンは気づいていた。今その手を使ったわけだ。

「ああ、そうだな」ジャックはすぐに答えた。「線に沿って歩いてれば、どこかできっとぶつかるだろう。このあいだはどうして会えなかったのかな」

二人はやぶを突っ切って、構脚橋（鉄道や道路を支えるために脚が脚立形に開いた橋）を建設中の現場まで来た。

「今朝フレンチさんはいましたか？」ジャックは監督に声をかけた。

監督は引き込み線の操車場の方向をぐいと指さした。

「一時間ほど前にあっちへ歩いてったぞ」

「じゃあきっと事務所にいるな」ジャックが言った。「行こう」

少年たちは川岸を登り、線路ぞいに歩いて操車場に入った。狭い製図室《ドローイング・オフィス》を訪れると、どちらかといえば小柄で固太《かたぶと》りした若い男が机にかがみ込んでいたが、くるりとこちらを向いた。頭が鋭そうな人だなとロビンは思った。男は人なつこい笑みをもらした。

「こんちは、シリル」ジャックが言った。「一人なの？　今までどこに隠れてたのさ。休みで帰ってきてからやっと会えた」

「よう。帰ってきたのは聞いてたぞ。おれはいろいろ飛び回ってたんだ。会う機会がなかっただけさ。どうだい調子は」

「順調。こっちはロビン。みんなはキューリーって呼んでる。引き込み線を見学に来たんだ」

「やあ、キューリー。どうだ、鉄道の作業はおもしろいかな」

「はい。あまりよくわからないけど」

「嘘つけ。こいつ遠慮深いんだ」ジャックがきっぱり言った。「探偵みたいにいろいろ調べるのが大好きでさ。シリルの伯父さんがあの有名人だって教えたら、すごく興奮してるの。会わせろってうるさいから連れてきたんだ」

「でもおれは探偵ごっこなんて苦手だぞ」シリルは苦笑いした。

「だめだよ、それをバラしちゃ。名刑事の甥《おい》だから、シリルさんも推理の名人に違いないってキューリーは思ってるのに」

「犯罪や捜査に興味があるんです」ロビンが口を開いた。「フレンチ警部さんが扱った事件はたくさん本で読みました」

「おれより詳しそうだな」シリルが応じた。「うん、とにかく、伯父はあのジョーだよ。立派な男だ。会ってみたいか？」

「会えるんですか？」ロビンは考えただけでどぎまぎした。

「ああ。きみがその気ならな。偶然だが伯父は今週の金曜にプリマスに来る予定で、おれは昼食に誘われてるんだ。きみらも来るといい」

「はー」ロビンは熱いため息をもらしてジャックの顔を見た。「会えるかな」

「もちろん」ジャックが答えた。「どうもありがとう、シリル。ぼくらも行きたい」

「ええ、ぜひ」ロビンも言った。「お願いします。だけど、ぼくら会ってもらえますかね」

「わざわざ来た人間を追い返したりはしないだろうさ」シリルが平然と答えた。「じゃ、きみらも一緒だってことを伝えとくよ」

「この近くで起きた事件を扱ってるの？」ジャックがたずねた。

「いや、ダートムアから帰る途中らしい。あそこの刑務所に最近ぶち込まれた凶悪犯に会いにいったんだと。いやな仕事だよな」

「へえー」ロビンは目を輝かせた。「ぼくらもその話を聞けたらなあ」

「きみらが聞きたいといえば話してくれるさ。たぶん、とことん詳しく」

なんて運がいいんだ。ロビンは信じられない思いだった。フレンチ主任警部にまつわる話を甥の口から聞けただけでなく、本人にも会えて、手がけた事件について語ってもらえるかもしれないとは！　これ以上にすばらしいことが世の中にあるだろうか。

シリル自身も実に感じのよい人だ。年は若いのに一人前の技師だ。態度や動作からすれば高校の上級生ぐらいに見えるが。

「ねえ、なんなの、このクモの巣みたいなのは」シリルが描いている絵に顔を近づけながらジャックがたずねた。

ジャックの肩越しに目をやったロビンも、〝クモの巣〟は当たっていなくもないと思った。平行線が何本もまとめて引かれているだけで、なんらかたちをなしていない。

「応力図だ、ハウトラス橋《きょう》の」これでわかっただろといいたげにシリルが答えた。だが少年たちの怪訝《けげん》そうな顔を見て、説明を加えることにした。

「臨時の橋を造るためにこういう骨組みを使うのさ。梁だよ。貨物を運ぶのに耐えられるかどうか確かめてるんだ」

「確かめるって、どうやるんですか」ロビンがたずねた。

「いやあ、必死に勉強しなきゃ理解できないぞ、こいつは。クソ難しいんだから。でもまあ話せばおよそのところは飲み込んでもらえるかな。ほら、これが大きな羽目板を張ったラチス梁

（補強のために上下の弦材をジグザグ状につないだ梁）だ。地面からの高さは列車以上なんだ。列車はこのあいだを通っていく。おれとしてはまず、どの部分が緊張しててどの部分が圧縮してるかを見極めてから、各部分にかかる力の程度を探り、最後に各部分はその力に耐えられるどうかを確かめるわけだ」

「そこまではどうにかわかります。何が緊張で何が圧縮なのかはさっぱりだけど」引き込み線にまつわる事柄に関してロビンは熱意を示し始めた。学べることはなんでも学んでやるぞ。

「じゃ説明してやろう。あそこにバールがあるだろ」なんのために使うのか、部屋のすみに立てかけてあった長いバールをシリルは指さした。「両端をつかんで自分の腰の高さに上げてごらん」

ロビンはそのとおりにした。う、重いな。シリルはそれでよしといった表情を浮かべた。

「いいかな、きみの両腕とバールは、骨組みすなわちトラスの部分をなしているわけだ。梁の斜柱と斜材というほうがいいかな。腕はどんな感じだ?」

「付け根から引きちぎられそうです」

「そうだろ。つまり緊張状態にあるわけだ。もう意味はわかっただろ」

「はい」ロビンは苦笑いした。

「よし。一つ勉強になったな。じゃ次はバールを頭上に持ち上げて。そうだ。両端を握ったままだぞ。腕はどうだ」

「コンサーティーナ（アコーディオンに似た小型で六角形の楽器）みたいに絞り上げられてる感じです」

「圧縮されてるからさ。絞られてることに負けないように、あるいはひじが曲がる――曲がる

ことはバックリングというんだが——のを防ぐために、しっかりつかんでなきゃならない。どうだ、違いがわかったかな」

ロビンはすっきりした。これからは鉄橋の斜材を見たときに、ああ、あれもがんばってるんだなという気持ちが自然に湧いてくるだろう。

「バールを部屋のすみに置いといて、どうしようっていうの」細かい点が気になる〝現実派〟のジャックがたずねた。

「ん？　現場の声に対処するためさ」シリルはあっさり答えた。「実はポイント付近の線路にずれがあるという訴えがあって、調査のために送ってもらったんだが、置きっぱなしになってるんだ」

「連絡が行き届いてる事務所だね」ジャックが感想をもらした。「とにかく、すばらしい科学的な証明を見せてくれてありがと。とっても参考になった。行こうぜ、キューリー。ぐずぐずしてると犯人たちはまた何かやるぞ」

「きみらの扱ってる事件に、わざわざ伯父を引っ張り込む必要もなさそうだがな。まあいいか、力を貸してくれって手紙を書いとこう」

「シリルさんて、しっかりした人だね」操車場をあとにしながらロビンがジャックに言った。

「いい人だよ。仕事もできるし。親父もすごくほめてる。まだ若いのに大事な仕事を任されてるんだ」

この日の午後、二人は隣人からテニスに誘われた。ロビンは引き込み線沿いをだらだら歩くよりやる気をそそられた。そうして結局、すばらしいとまではいかないにせよ、それなりの腕前を発揮できた。組んだ相手にも恵まれて充実した時間を過ごせた。

少年たちはまずまずふつうに休みの日々を楽しむことにした。テニスやボート漕ぎや水泳もやり、ライマスに何箇所かある映画館に通い、ピクニックをし、近隣地区のおもしろそうな場所にも出かけた。第二の警告の手紙は来なかった。二人は〝だんな〟を捜して方々の場所を訪れもした。カー氏や警察はまだ大した成果を挙げていないようだが。ジャックにはもちろんのこと、ロビンにも鉄道は身近な存在なので、ともすれば列車の走る場面がふと目の前に浮かんだり、鉄道関係の話題が出たりするのだが、それを除けば二人はふつうの休みの生活を送った。

それでも、おおよそはふつうであるとはいえ、この休みはロビンにとって今までで最も楽しいものだった。まず時間の過ごし方ががらりと変わった——学校に行っているときだけでなく、シェフィールドの従兄宅に泊まっていたときと比べても。さらにはジャックの存在が大きい。二人は親友同士で、ロビンとすれば、相手がジャックだからこそ一緒に長い休みを過ごす気になれたのだ。ジャックの家族も楽しい人たちだった。カー氏はまじめな感じの人で、ちょっと話しづらいところもある。だがそれはとても責任ある地位についていて、いろいろ気を使うことが多いせいなのだ。とにかくとても立派な人で、息子の親友が楽しく生活できるよう気を使ってくれているることはロビンにもわかった。信頼できる人だという気がした。困ったときに相談すれば喜んで力を貸してくれるだろう。だが厳しい面もありそうだ。こちらが行儀を悪くしたり自分勝手なことをしたり不注意だったりすれば、たちまち不機嫌になるのではないか。

ロビンの探偵趣味にカー氏は興味を持ったらしい。殺人事件の裁判やそれに先立つ警察の捜査について二人は語り合った。こういう話題にカー氏がずいぶん詳しいのでロビンは驚いた。とくに科学捜査に関する知識がすごい。

「以前、きみが興味を持ちそうな事件に巻き込まれてね」ある晩いつものようにロビンの趣味の話題が出たなかでカー氏が言った。「鉄道とは関係ない。わたしがインドにいたときのことだ。ある土建会社に仕事を依頼したんだが、作業の内容がどうも変だったので先方に問い合わせたところ、設計図どおりに進めているという。それはたしかにそうだった。だがもっと調べてみると、向こうの設計図は、現場の作業に関しては我々のと同じだったが、ファイルに保存してある原物とは違っていたんだ。どうやら連中が手を加えたらしい。わたしはその確たる証拠を見つけるよう上司から指示され、いろいろ苦労したが、ヨウ素発煙法を用いてようやく成功した」

その方法についてはロビンも本で読んだ覚えがあったが、内容は忘れていた。すぐにそう言って、もっと話してほしいと頼むと、カー氏はますます気さくなようすを示して説明を始めた。

「実に単純なことだよ。設計図をまっすぐ裏返しにして、ヨウ素を入れた器から一センチほど上のところで固定したんだ。すると五分後に、消えていた線がかすかに茶色く浮かんできたので、我々は急いで写真に撮った。またすぐ消えてしまうからね。線の色が落ちないようにする方法はほかにもあるんだが、この場合は必要なかった」

「おもしろい。で、どうなったんですか」

「もちろん会社は建物を取り壊して建て直したよ。不正をした連中はクビにした」

「警察は捜査しなかったんですか」

「うむ、我々が表沙汰にしなかったからね。すべきだったかもしれないが。しかし連中も愚かなことをしたものだ。ああいう不正行為は割に合わないんだ」

今の話を聞いて刺激されたかのように、今度はロビンがおずおずと語りだした。ぼく、あるとき男二人と犬一匹を追って、田舎の道を二キロぐらい歩き回ったことがあるんです。で、男たちは自転車に乗った友人の女性と言葉を交わしたんだなと推理しました。その場面を説明します……。カー氏が吹き出したりせず、興味ありそうな顔をしたのでロビンは嬉しかった。

「女性は男たちを出迎えにきて自転車を停めたんだね」

「はい、どこで自転車を降りたのかもわかりました。ある砂地に、爪先がそろってて、かかとよりも深く跡がついてるところがあったんです。足跡は男たちの足跡のほうを向いてて、男たちのも相手に向いてたし、それぞれ同じ場所を何度も踏んでたから、きっと三人で向かい合って話してたんでしょう」

「なるほど。でも女性は男たちの友人だときみは言ったね。ただ道を聞いただけかもしれないだろ」

「いいえ。だって犬が女性に飛びついてますから」

カー氏は思わず笑った。「すばらしい！　見事な推理だ」やったぞという思いで、からだが熱くなってくるのをロビンは感じた。

「フレンチ主任警部さんがお仕事の話をしてくださると嬉しいんですけど」ロビンは話を続けた。「たとえば、本に載ってる捜査のことがどこまで実話なのか、ロンドン警視庁《スコットランド・ヤード》のなかのようすはどうなのか、そういうのを知りたいんです」

「うむ、おもしろそうだね。もしきみらがきちんとお願いすれば、ヤードを案内してくれるかもしれないよ」

おお、すごい発案だ！　この長い休みはいったいどういう結末を迎えるのか。そんな機会が本当に訪れたら決して逃がすまいと、ロビンはカー氏の今の言葉を胸に刻んだ。

「警察の捜査といっても」カー氏が話を続けた。「たぶんほかのいろんな分野の活動とさほど変わらないと思う。プロの仕事は本質的に似通っているんだ。そういえば、以前うちの会社にいた技師で、ミステリ作家になった者がいてね、深いところで二つの職業はつながっていると言っていた」

「へえ、ちょっと意外ですね。とても同じには思えないけど」

「むしろまったく別物って感じがするから、この話題を出したんだ。本人の言い分はこうだった――『駅の操車場の設計をする場合、どんな動きが求められるかをまず考えるんだ。列車が出入りする、空車が車両待避線に入る、機関車が機関車操車場を出入りする、などなど。それから初めてそんな動きに対処できる設計をするわけだ。本を書くときだって、まず物語の核になる冒険や事件を決めて、次にその冒険などにとって必要な人物や状況や場面を考えるのさ』つまり本質は同じというわけだ」

「よくわかります」

「うむ、きみがフレンチさんにたずねたとしても、同様の方針のもとで動いているという答えが返ってくるだろう。まずは事実をつかみ、次いでその事実に合う仮説を立てるとね」

ロビンは嬉しかった。こんなふうに――つまり同等の相手として――話をしてもらえるとは。ますますカー氏のことが好きになっていった。

カー夫人とはそんなに言葉を交わす機会はなかった。それでも夫人はいつもやさしいのでロビンはあこがれていた。しかし、少し神経質な人に見えたし、ほんのささいなことで取り乱す場合も何度かあった。たしかにいろいろ気を使ってくれるが、カー氏ほどには頼れる人でないとロビンは感じていた。

ところで、ある人間と親しくなった事実にロビンは我ながら驚いていた。前もってそう知らされていたら、何をバカなと、せせら笑っておしまいだっただろう。友情を築いた相手は、なんとジャックの義妹、三歳のベティだったのだ！　ベティはすぐロビンになついた。初めのうちはロビンも戸惑ったが、二人はやがて大親友になった。

カー家でロビンが好きになれないのはただ一人、お手伝いのエイダだけだった。エイダは長身で色黒の若い女で、顔立ちは悪くないのだが、表情が少し意地悪そうだった。ロビンはどことなくいやだなという感じを受けた。無愛想な女で、用事を言いつけられたときも、まるで力を出し惜しみするようにしぶしぶやるのだ。幸いロビンは話をする必要もなかったので、なるべく近づかないようにしていた。

こうして日々が過ぎていった。だがあるとき、この居心地よい家庭に爆弾が落ち、幸福が失われて、少なくとも大人二名の生活が変わってしまう危険が生まれた。

だがこれについて語るには、新たに章を設けなければなるまい。

第七章　一家の大事件

発端はカー夫人の歯痛だった。

しばらく前から夫人はずきずきする歯の痛みに悩まされていたのだが、たいがいの人と同じく歯医者嫌いだったので、治療を受けるのをずるずる先延ばししていた。そのうち痛みに耐えられなくなり、ようやくライマスの歯医者――よい先生だと人に勧められていた――に電話した。ところが予想どおり、すぐに診《み》るのは無理だと言われたので、数日後のある時刻に予約を取った。次の郵便で、きれいに印刷された予約の確認状が届いた。カー夫人は忘れないようにと食堂の炉《ろ》棚《だな》の上に立てかけた。ロビンもそれを目にしていたので、水曜の午後三時が予約時刻だと知っていた。

当日の昼食のとき、カー夫人はあることを思いついた。「ねえ、みんなで町へ行って楽しい夜を過ごさない？　わたしは歯を診てもらってからマドンさんのご夫婦にお会いするの。そのあとどこかで夕食をすませて映画に行きましょうよ」

少年たちは飛び上がって喜んだ。ジャックはすぐに地元紙でおもしろそうな映画を調べてみた。ライマスにはよい映画館が三つあった。一つ目では『張り裂ける胸』という悲恋物をやっている。若い美人女優が何人か出ているらしい。きっとそれぞれが場面場面で甘く美しい涙を流すのだろう。そうして、彼女たちの愛をめぐって争いが――といっても命に関わるところまではゆくまいが――繰り広げられ、負けた者は嘆き悲しむのだろう。二つ目でやっているのは西部劇だ。たぶん牛泥棒とカウボーイと保安官が、広大な土地を馬で駆け回りながら銃を放つのだ。また、いざとなれば男たちは地元の若くて〝いい女〟に先導されるのだろう。こういう女は戦闘や馬術の知識では男たちよりずっと上なのだ。三つ目ではなんと刑事物をやっている。ペンシルヴェニア州ジャンクヴィル・シティの殺人課警部サイラス・K・グルーが、敏腕刑事たちを率いて活躍する姿を描くという宣伝文句が書いてある。きみはお客さんだからと、ジャックから選ぶ権利をもらったロビンは、いくぶん遠慮がちに三本目のがよさそうだねと言った。鉄道の映画がなかったのでジャックも賛成した。カー夫人は、どの映画でもいやだとは言えないと思い、二人の意見に従った。

「だけど、お父さんも来られることがはっきりしないうちはまだ未定よ。これから幾晩かは人と会う約束があるんですって」

「電話してみよう」ジャックが言った。

「いいわよ。してみなさい」

ジャックが事務所に連絡したところ、残念ながらカー氏は不在だった。ただ三時半ごろ戻ってくるはずだという。

「だったら二人で事務所へ行ってみたら？　わたしはマドンさんのお宅にいるから電話をちょ

うだい」

話はまとまり、カー夫人は一家で所有しているヴォクスホール社製の車で予定どおり出かけていった。さて、これからどうしようかなと、しばらく迷っていたジャックは、自分たちも動きだすことに決めた。「親父がいなかったら、操車場をぶらぶら歩こうか」

庭の大部分は家の前にあって、川に面した道路まで延びているのだが、家の裏手には手ごろな広さの芝地があり、多年草を植えて作った花壇の縁取りがその後ろに続いていた。少年たちはそこを横切り、生け垣の隙間を通って、カー家の敷地と引き込み線の敷地とを隔てる雑木林に入った。ここは植林地ではなく純然たる未開地で、コーンウォール南岸ではよく見られるように草木が一面に繁茂《はんも》している。木々も下生えも密集しており、インディアンごっこが好きな少年ならば最適の場所だと思うだろう。だがジャックもロビンもそんな遊びは好きでなかった。何を見ても機械を連想するジャックは、こじんまりした林を歩きながら、ここに鉄道の中央線を敷いたらおもしろいだろうなと思うのみだった。ロビンは謎めいた雰囲気の漂う密集した緑樹のあいだをわくわくしながら歩いた。頭のなかでは敵を追跡している、いや、というより容疑者を尾行しているつもりになっていた。

それでもロビンには、こんなすごい遊び場をただ通り過ぎるだけじゃもったいないな、という気持ちも少しあった。このとき一つ考えがひらいめた。

「ね、モック、事務所には一時間後に着けばいいんだよね。ここでちょっと探偵ごっこをしないか。きみは殺人犯で、犯行現場からこっそり逃げ出そうとする。ぼくは探偵で、きみを見失わないように追いかける。どう?」
ジャックは一瞬バカらしいなという顔をしたが、ほかに案も浮かばなかったのでうなずいた。いざやってみると実に楽しい遊びだった。ジャックは林に二十メートルほど入ってゆき、ロビンのいる地点から頭が見えるように背筋を伸ばして立ったが、いきなり「行くぞ!」と叫んでしゃがみ、やぶの陰に隠れた。それから、ここにいるよと教えるようにやぶを強く揺すりながら三メートルほど歩いたが、いきなり方向を変えて、一枚の葉も動かないようにそうっと這《は》うように進んだ。四度の勝負は引き分けに終わった。つまりジャックからいえば、追っ手をまいたのが二度、捕まったのが二度だった。

あとから振り返って初めてわかったのだが、当日の一連の出来事——カー夫人が歯医者に行ったことや、みんなで映画を観ようと言ったこと、ジャックが事務所に電話したときカー氏が不在だったこと、探偵ごっこをやろうとロビンが思いついたこと——は、すべてある結果を生むもととなったのだ。ロビンとジャックは、そこにいたる過程で、生まれて初めてといえるほどの興奮を味わう次第となろう。

二人がようやく柵を越えて鉄道の敷地に着いたとき、操車場へ行くまでにはまだ少し時間の余裕があった。そこでジャックは構脚の端っこを見にいこうぜと言った。もう橋台に接続する間際まで作業が進んでいるからと。構脚はクモの巣状になっていて危ない感じさえ抱かせる建築物だ。ほぼ六メートルごとに打たれた筋交《すじかい》入りの基礎杭《きそくい》でできており、各てっぺんが軽い桁《けた》でつながれている。この構脚が線路を支えているわけだ。少年たちは端にある構脚のてっぺんにはしごで登り、クロスヘッド（往復機関において、ピストン棒と連接棒とを結ぶ部品）をボルトで留める作業や桁の固定されているようすを眺めた。

「ほら」ジャックが言った。「あの直立してる鉄骨は臨時のもので、無蓋貨車を支えるだけなんだ。機関車は完成した斜面から離れない。粘土が盛り上がったら筋交は取り去る。盛り土の作業が終わったら杭は走行クレーンで抜くんだ」

「そんなの無駄じゃないかな」

「杭を再利用できるだろ。それに杭を斜面に残しとくと腐って土に穴が開いちゃうんだ」

クロスヘッドの上に立ったロビンは、振り向いてごみ処理場や構脚、左側に向かうゆるやかな曲線をなしている線路を見つめた。斜面にバラスト運搬車が停まっている。構脚の先端に位置している有蓋貨車や無蓋貨車が背後に続いている。貨車はどれも空っぽだ。男たちが一列になってショベルで土をすくっている。みな曲線の内側に沿って作業している。

曲線の外側、すなわちカー家のすぐ右側にロビンがちらりと目を向けると、ごみ処理場の下に広がる芝地に男が一人いた。ロビンのいる地点からは百メートル近く離れている。男は上着らしきものを持っている。塀を乗り越えたところらしい。振り返った。引き込み線の車掌をしているラリー・ウィリアムズだ。

ジャックが構脚の筋交について現場監督と話をしているあいだ、ロビンはラリーの姿をぼんやり眺めた。ラリーは斜面を登って有蓋貨車に行き着き、車内の通路の最後尾に上着をそっと置くと、貨車に乗り込んでから拾い上げた。やがて作業員たちが無蓋貨車のドアを上げて地面に飛び降りた。ラリーが自分の手にしている緑の旗を前に突き出すと、列車はゆっくり視界から消えていった。

「もう行こう」ロビンが声をかけた。「三時半になったよ」

「あ、ほんとだ」ジャックが答えた。「気がつかなかった」

二人ははしごを下りて操車場に向かった。

「さっきラリー・ウィリアムズさんが歩いてた」ロビンが言った。「変な話だけど、あの人の顔って見慣れてる気がするんだ。きっと前に会ったことがあるか、ぼくの知ってる誰かに似てるんだな」

「別に変な話じゃない。エイダのせいだ。ラリーはエイダの兄貴だよ」

「エイダ！　そうか。たしかによく似てるね」

「そっくりさ。おれは二人ともあまり好きじゃないけど。きみは？」

ロビンはびくっとした。「それがおかしいんだ。エイダのことはなんだかいい感じがしないけど、理由がわからない。だからなるべく近づかないようにしてる」

まもなく二人は操車場に着いた。カー氏はちょうど戻ってきており、一家で夜を過ごそうという提案に笑顔で賛成した。そこで、男たち三人は六時半に家を出て、バスでトロカデロまでカー夫人を迎えにゆき、夕食をとることにした。そのあとで、ペンシルヴェニア州ジャンクヴィル・シティの殺人課では、事件の捜査がどんなふうにおこなわれるのか、みんなで観にいく予定だ。

「よし」操車場を出たところでジャックが口を開いた。「ここまではわりとうまくいってるな。

さ、これからどうしようか」

操車場はドリビン川の流域に接している。二人は林のなかを散歩してから、洞穴を避けて険しい尾根のてっぺんに登って、すばらしい眺めを楽しむことに決めた。それから家に戻ってお茶を飲み、出かけるまでのあいだ川で泳ぐつもりだ。

尾根を登るのは楽しかったが、思ったよりも時間がかかったので、家に着いたのは五時近かった。

具合が悪いことが起きたなと二人はぴんときた。カー氏が帰ってきていて、深刻そうにまゆをひそめてどこかに電話している。その背後では、エイダが顔をゆがめておろおろしている。今まで泣いていたらしく、目が赤く腫《は》れている。

「やれることは全部やっているんだ」カー氏が電話の相手に言っている。「だがきみも帰ってきて捜すのを手伝ってほしい。きみが来る前に戻ってくればいいんだが。おい、あわててあまり車を飛ばさないようにな……わかった」

カー氏は受話器を置いた。息子たちに気づくと近寄った。

「おい、ベティを見かけなかったか」いつになく強い口調だ。

「ベティ？　ううん。ぼくら今まで散歩してたんだけど」

「姿が見えないんだ。エイダと裏庭にいたらしいんだが、エイダがちょっと家に入って、また出てきたときにはいなくなっていた」

それを聞いてロビンは内心がっかりしたが黙っていた。ジャックは、え、まさか、どうしたんだろうと声を上げた。

「エイダは、やぶに迷い込んだんじゃないかと、自分も入って呼びかけてみたそうだ。だが見つからなかった。そこで事の重大さに気づいて必死に捜してから、急いで家に戻ってわたしに電話してきたんだ。お母さんは巻き込みたくなかったが、やっぱりベティを見つけるのを手伝ってほしい。だからさっき電話したんだ」

「でもあの子、そんなに遠くへ行けるわけないよ」ジャックが言った。

「お父さんもそう自分に言い聞かせている。おまえたち、あそこのやぶのことはよく知っているだろ」

「うん。さっきも二人で通ってきた」

「そうか。じゃ、あの辺をくまなく捜してくれないか。庭の生け垣から始めて向こう側の端まで見てくれ。操車場を忘れないように。できるかな。徹底的にやるんだぞ」

ジャックは、だいじょうぶ、しっかりやるからと答えた。ロビンもうなずいた。

「ベティの服装は——ええと、何を着ていたっけな、エイダ」

「いつもの青いのです」エイダが声を絞り出した。今にもまた泣きだしそうだ。

「ベティの青いワンピース、おまえたちは知っているか？　よし、やぶやいばらに繊維が引っかかっていないかどうか見てくれ。それからもう一つ。ドラの音に気をつけてくれよ。戻ってきてほしいときにはここから鳴らすから。わかったか？」

二人は出発した。背後でカー氏の声がした。

「さて、エイダ、二人でまた家のなかを回ってみよう。おまえが背を向けているあいだに、あの子が入り込んだかもしれないから」

「モック、いったいどうしたんだろうね」急ぎ足で歩きながらロビンが話しかけた。

「わかんないよ」ジャックは口をとがらせた。「きっとやぶに迷い込んで、道がわからなくなったんだ。ベティはいい子だけど機転が利かないから」

「ああ、だといいね」ロビンは元気に応じた。だが本音は少し違っていた。実はしょんぼりしていたのだ。ロビンはベティのことが好きで、もしあの子の身に何か重大なことが起きたらと思うと、心が凍りつくようだった。「でもおじさん、あわててたけど」ジャックの反応を探るように言い足した。

「うむ、まあ今は気にしてもしかたない」ジャックは〝現実派〟らしく答えた。「さ、着いた。林の中央から始めるか。きみは生け垣沿いに左側を捜してから、四、五メートル横にずれてまた中央まで戻ってくれ。おれは右側で同じことをやってくから。最後には中央で合流できるだろ。それから二人で行ったり来たりするんだ。一回ごとにまた四、五メートルぐらい。どう、わかった?」

「うん。名案だ」

二人は受け持ちの箇所を往復しながら、青いワンピースの繊維か何か落ちてないかと、目を皿のようにして地面を調べた。だが何も見つからなかった――繊維も足跡も。二人はやぶをすみずみまで歩いたあとで、カー氏に報告するために急いで家へ向かった。

帰ってみると、ただならぬ事態が起きていることがわかった。居間ではカー氏が数人の客と話をしている。三人いる引き込み線の技師助手のうち二人が来ていた。シリル・フレンチと、鉄筋コンクリート担当のエドワーズ氏だ。そのほか操車場からは作業員が六人。この六人がみな地元の出身者で、心から信頼できる仲間であることはジャックも知っていた。カー夫人も帰宅していた。顔が真っ青で、見るからにぴりぴりしている。エイダは相変わらず目を泣き腫らし、みなの後ろでおろおろしている。カー氏は息子たちの姿を目に留めると、客との話を止めて二人に声をかけた。

「やぶで何か見つかったか」

「ううん。じっくり調べたけど何もなかった」

「じゃ警察に知らせないと」まずカー夫人が言った。

カー氏もうなずいた。「そうだな。みんな、ちょっと待っていてくれ。電話してくる」

玄関からカー氏の声が聞こえてきた。しかしほかの者も低い声で話を始めたため、ロビンには言葉が聞き取れなかった。カー氏はまもなく戻ってきた。

「十分後にマーティン警部が部下を連れてやってくる。そのあいだ捜索隊の編成を続けようか。フレンチ、きみは引き込み線の敷地を頼む。それから敷地に沿った箇所も、そうだな、一キロ近くまでやってくれ。やぶを調べ直すことから始めたほうがいいな。もちろん」息子たちに顔を向けた。「おまえたちが頼りにならないわけじゃない。だが、ベティがいったんやぶを出て、おまえたちとすれ違いにまた入ったかもしれないからな。エドワーズ、きみは三人連れて引き込み線の反対側からライマス方面を担当してくれ。目に入った家は一軒残らず訪れるんだ。まあ、あの子がそんなに遠くへ行けるはずもないが。わたしはもう川岸まで捜した。これから岸に沿って舟を漕いでみるよ。しかし、行動を起こすのは警部に計画を伝えてからにしたほうがいいな」

カー夫人は自分の両手を握り締めた。

「そんな！」金切り声を上げた。「待ってるあいだに気が狂いそうよ！　一秒も無駄にはできないわ。あの子がどっかから落ちて怪我をしたんじゃないかと考えると、もう――」

「うん、たしかに」カー氏が答えた。「事態の深刻さは全員がわかっている。だがね、今後の対策について警察と相談することが、結局は時間の節約になると思うんだ」ここで妻のようすをちらりとうかがった。「あの、物を食べることは誰の頭にもなさそうだが、食事の時刻までには少し間《ま》があるかもしれない。この辺でお茶の時間とするのはどうかな。きみとエイダで用意してもらえたら……」

おじさんはきっと第一におばさんを気づかってこう言ったんだなと、ロビンは察した。だが結局は全員のためになる提案だった。からだを動かすことでカー夫人の気持ちも落ち着き、飲み物を口にすることで客たちも気分転換できて元気を取り戻せた。そのうち一台の車が到着し、三人の警察官が姿を現した。

「お世話さまです、警部」カー氏が先頭の男に声をかけ、あとの二人に会釈した。「すぐにおいでくださってありがとうございます。わたしども、心配でならないんです、娘はまだ三歳ですから。どこかで迷子になったあげくに高いところから落ちて、ひどい怪我をした恐れもある。まず事情をご説明します」娘がいなくなるまでの経緯《いきさつ》をカー氏は語り、さらに話を続けた。「我々も捜索隊を組織したんですが、動きだす前に警察のみなさんと役割を調整すべきだと思いまして」

細かい点が手短に話し合われた。マーティン警部は素人《しろうと》の相手を立てるように言った。

「地元地域の捜索に関しては、そちらの案は完璧《かんぺき》ですね。申し分がない。そのまま実行なさってください。我々のほうはもっと広い範囲で動くことにします。お嬢さんは道路に迷い出て、誰かに保護されているかもしれない。その場合にはどこかの警察へ連絡があるでしょう。あなた方の捜索に進展があったら必ずお知らせください。それから、もし、ふむ、九時までに見つからない場合、わたしは戻ってきます。もっとよい案がないかどうか話し合いましょう」

大がかりな捜索活動が始まった。少年たちはカー氏とともに小舟を漕ぎ出した。岸ぞいに進み、小さな入り江には一つ残らず入ったり、岸に上がって近くのやぶのなかを歩いたりした。カー氏が何度も川のなかをのぞくようすを目にしたり、自分たちに今どんな指示を出しているかを考えたりすると、ロビンは氏の胸の内を察しないわけにゆかなかった。川は増水しており、子守女が乳母車を押して歩くのとほぼ同じ速度で水が上流に向かっている。ベティがいなくなった時間帯に栈橋を過ぎていった水が、現在どの辺まで進んでいるか、カー氏はあえて冷静に計算して、ここからわずか先までに捜索の範囲を限った。それから一縷《いちる》の望みを抱きつつ三人は下流に向かった。しかしどこにもベティがいた形跡は見つからなかった。いかにもがっかりしたようすながら、ほっとしたところもうかがえるカー氏のようすを見て、やっぱりそうだったのかと、ロビンはその心中を察した。

三人が帰宅する前から、ほかの一行も集まってきていた。やはり幸運には恵まれなかったという。警察本部からも進展なしという連絡が入った。つまりベティは跡形もなく消えてしまったわけだ。

不吉な予感が当たってしまい、重苦しい雰囲気が漂うなか、一同は簡単な食事をとることにした。やがて九時になり、警察官たちが戻ってきた。

第八章　犯人から出された条件

九時前に警察署から電話があった。

「何も見つかりませんでしたか？」相手が言った。「残念ながらこちらも同じです。マーティン警部がこれからお宅へうかがいます」

数分後、カー家の食卓を囲んで、まるで理事会のようなこぢんまりした会議がおこなわれた。出席者は、カー夫妻をはじめシリル・フレンチ、捜索に戻ろうと主張するエドワーズ氏、マーティン警部、部下のコールズ巡査部長、さらには、捜索隊の一員に認められたことで内心わくわくしている二人、つまりロビンとジャックだ。マーティンが報告を始めた。

「ここまで我々も全力を尽くしました。当該地域の全警察署はお嬢さんを捜すよう指示を受け、適切だと考えられる方法をすべて採用できる権限を与えられました。もしお嬢さんが見つかっていればもちろん我々のもとへ連絡が入っていたはずです。事故が起きていた場合に、お嬢さんが運び込まれる可能性のある病院にはすべて問い合わせ、姿が見えなくなったころ、この周辺にいたことがわかった人全員から話を聞きました。そちらはいかがでしょうか、地元地域、とくにやぶのなかの捜索は十分おこなわれましたか？」

「我々の活動の内容をお話しします」カー氏は細かく説明しだした。「やぶのことは息子たちが詳しいので任せました。くまなく調べたそうです。さらにその後、ここにいるフレンチたち四人が同じ地点を徹底的に調べ直しました。フレンチはうちの社の技師です。まさか娘を見落とすとは考えられない。どうだ、フレンチ」

「見落としはありません」シリルがきっぱり答えた。「あそこを何本かの狭い道にわけて、海から機雷を取り除くようにその道を往復しました。ベティはいないと断言できます」

「エドワーズはどうだ。きみも断言できるか？」こう言ってからカー氏はマーティン警部に顔を向けた。「エドワーズもうちの技師です」

「もちろんです」エドワーズが答えた。「わたしたちはライマス方面に一キロ半ほど進んで、ライ川からほぼ同じ距離を戻ってきました。ずっと地面に目をこらしていたし、人家があれば必ず訪れました。ベティの姿を見落とすことはありえません」

マーティンはこの地域の大型地図を持参していた。各自、細かく見ながら、自分が歩いた箇所に印をつけていった。次に警部はまたエイダに話を聞きにいった。エイダが家にいた正確な時間がわかればよいのだが。結局せいぜい二、三分だったらしい。

「あの年齢の子どもだと、三分間でどの辺まで行けるものかな」マーティンがみなに問いかけるように言った。およその距離を把握すると、ベティが一人になった地点を中心にして、行動範囲を測るために警部は円を描いた。

「エイダが探し始めたときからお嬢さんが一番遠くまで行けた地点がこれでわかった」警部が

顔をしかめた。

警部の表情が変わったことに気づいて、ロビンもあらためて地図を見つめた。あ、このせいだなと、ぴんときた。円が川岸の一部を越えている。カー氏も青白く厳しい顔で地図を見ているので、もちろんその意味はわかっているのだろう。ロビンがそう考えていると、警部がゆっくり話しだした。

「不吉なことを口にするのはわたしとしても実に残念ですが、事実から目をそむけてもなんにもならない。今から挙げる三つの可能性のうち、どれか一つが現状と考えるほかなさそうです。第一、お嬢さんは迷子になり、われわれの努力にもかかわらず、いまだ行方不明だ。第二、誰かが懸賞金目当てにお嬢さんを保護している。第三――気が重いが、これも言わなければならない――地図の円が川にかかっている」

カー夫人の顔からみるみる血の気が失せた。両手もぎゅっと握り締められているのがロビンの目に入った。

「その点は最初から考えていた」カー氏がぼそっと答えた。「でも最後まで信じたくない。で、我々はどうすればいいんですか」

マーティンはほっとしたように答えた。

「第一の可能性に対応するために、捜索を再開してはどうでしょうか。何をバカな、もう十分やったぞと思われるかもしれませんが、現状ではやりすぎるということはありえません」

カー氏もうなずいた。

「まったくです。もちろんフレンチも、エドワーズも、ほかのみんなも、気を悪くしないでくれると思います」二人の助手に目を向けた。助手たちも強くうなずいた。

「では」警部が言葉を継いだ。「お嬢さんの発見につながる情報の提供者に懸賞金を出されてはいかがですか。あまり期待はできないかもしれませんが、わずかな可能性にもかけないと」

「そうですね」カー氏も応じた。「金額はどの程度ですか」

「百ポンドでいかがでしょう」

「けっこうです。準備をお願いできますか」

「わかりました。ビラ貼りを手配しましょう。明日の地元紙で発表します」

「助かります。で、三番目の可能性はどうなりますか」

「それは心配無用だとわたしは信じていますが、見回りを続けるに越したことはない。むろんこの点についてもこちらでやります」

「ありがとうございます」カー氏は口ごもったが、思い切ったように言った。「警部をはじめ警察の方々のご尽力には、妻もわたしも心から感謝しております」

マーティンは心なしか戸惑ったように見えた。「これがわたしの仕事です。お力になれるようにがんばります」

打ち合わせが終わった。マーティンはライマスに戻って職務を続けること、また夜が明けるや、警察は引き込み線の職員から選ばれた数人をともなって、地域をもっと綿密に捜索することが決められた。ロビンとジャックは、自分たちも一行に加えてほしいと頼んでみたが、結局やめることにした。当然の理由からだ。翌朝、二人が目を覚ますと、八時近くになっており、すでに捜索は終わっていた。成果はなかったという。

朝食の席には張り詰めた空気が流れ続けた。カー氏は、青白い顔に疲れた表情を浮かべながらも、なんとか話を絶やさないように心がけた。だがカー夫人はほとんどしゃべらない。まるで夢のなかにいるような感じで、目の前の事柄にもぼんやり反応するのみだ。食事が終わると少年たちはほっとした。

「今ごろベティは川のなかだ」ロビンとともに重い足取りで庭に出てゆきながら、ジャックが思いつめたように言った。

ロビンは目を丸くした。「だめだ、モック、そんなことを言っちゃ！　つまりベティは――死んだのか!?　まさか！」

「いや、そうだ。それに、きっと親父もそう思ってるよ。話し方を見ればわかる。川以外に考えられない」

ロビンは首を振った。実は自分もそうじゃないかと考えていた。ぞっとするような事態ではあるが、ほかの可能性は思いつかなかった。

「迷子になったわけじゃないさ」ジャックが言葉を継いだ。「迷子なら、あれだけ探せば見つかるだろ。お金がほしいからって誰かが保護してるわけもない。アメリカならあることだけど、この土地じゃ聞いたためしがない」

少年たちは川まで歩いてゆき、荷揚げ用斜面で立ち止まって話を続けた。乗ってくれよと誘うように小舟が浮かんでいるが、だからといって乗ってしまうのはまずいと二人は思った。それに、川に出てゆくのはなんとなく怖い気もする。そこでドリビン川に面した絶壁まで行ってみることにした。道路に戻ると、郵便配達夫が通り過ぎた。

「何かわかった?」カー家に通じる小道を進みながら配達夫が声をかけた。

少年たちは首を振った。配達夫は手紙を郵便受けに入れ、呼び鈴を鳴らし、振り返ってまた小道を歩いてゆき、自転車で去っていった。まもなく家のなかから悲鳴が聞こえた。

「お! お袋の声だ!」

二人が家に駆け戻ると、今にも卒倒しそうなほど興奮した表情のカー夫人が玄関に立っていた。その後ろで、やはりじっとしていられないというようにエイダがうろついている。

「生きてたわ!」夫人は息子たちに叫んだ。「生きてたのよ!」手にしている手紙を振った。

「え!」ジャックがまた叫んだ。「ベティ、どこにいたの?」

「誘拐されたのよ! 四千ポンド寄こせば無事に返すって!」

ジャックはひゅーと口笛を吹いた。自分の気持ちをぴたりと表す言葉が見つからず、まごついている。ロビンはといえば、躍り上がりたいほど嬉しかった。まずベティが生きていた。それが何より心配だったんだ。そう胸のなかでつぶやいた。ただ、こんな大騒動を目の当たりにしていることも喜びの一因だ。それは自分でもわかっていた。

しかし今はいろいろ考えているひまなど誰にもない。

「お父さんに電話して!」カー夫人が叫んだ。自分はふつうに話のできる心境ではないらしい。

「事務所にいなかったら探しにいって！　早く！　すぐここに連れてきてちょうだい！」

現実派のジャックは飛び跳ねるように二歩進んで受話器を取った。今回は幸運にも父はちょうど戻ってきていた。

「五分で帰る」カー氏は答えると電話を切った。

ジャックはくるりと母のほうを振り向いた。

「なんて書いてあるの、お母さん。読んでみて」

カー夫人は手紙を読み上げようとしたが、動揺していて無理だった。出だしの数語をつぶやくように読んだかと思うと、いきなり早口になり、あげくに手紙を息子に差し出した。

「触っちゃだめだ！」手を伸ばしたジャックをロビンがすばやく制した。「テーブルに置いて。指紋がついちゃう」

あ、そうか。ジャックはあわてて手を引っ込めた。

「キューリーのいうとおりだよ、お母さん。ここに置いて」

ジャックはテーブルに載っているものをどかした。カー夫人はそこに手紙を落とした。少年たちはテーブルに顔を近づけた。

手紙は安っぽい紙一枚で、どの文房具店でも何十枚単位で売っている綴《と》じ紙を破ったものだ。紙面には、ほかの紙を切って貼りつけたらしい単語や語句や文字が、不ぞろいの大きさで並んでいる。文面はこうだった——。

ミセス・カーへ　お宅の娘さんをあずかっています　今度の土曜の夜　十二時から一時までのあいだに　聖ニコラス教会のピーター・ペゴティの墓に四千ポンドを置いてください
カネなしサツ知らせ見張りつけなら　娘さんの命はなくなります

"Mrs c a R r your da u gh ter is sa fe put f OUR
tho us and po u nd s ON P et er pe G g ot ty s to m b
IN st nic o las ch UR ch yard bet we en t we L ve and
one ne xt sa T ur day n ight if no mon ey or po L ic e
to ld or a wat ch ke pt sh E will be k ILL ed"

「うわあ！」これで三度目の叫びだ。ジャックはこの叫び声に自分の気持ちをすべて込めた。ロビンはとてつもなく大きな興味を抱いた——単なる〝うわあ〟には収め切れないほどに。もっと正確には、今の自分の気持ちを表す一言など思いつかなかった。

「なんだこれ」ジャックは言い、文字をゆっくり読んだ。「カネなしサツ知らせ？　意味になってないじゃないか」

「なってるよ」ロビンがきっぱり言った。「つまり、もし金が置いてなかったり、警察に知らせたり、墓に見張りをつけたりしたら、ってことだ。はっきりしてる」

「ああ、そうだな」

ロビンはさらに何か言おうとした。が、引き込み線の車が門に飛び込んできて、カー氏が玄関に通じる小道を急ぎ足で歩いてきた。

「手紙に触っちゃだめだよ、お父さん！」父の姿に気づいたジャックが叫んだ。「指紋がついてるかもしれないから！」

カー氏はうなずき、テーブルの手紙に目を走らせてから妻のからだに腕を回した。

「よかったな、ジュリア。ほっとしたよ。言葉じゃとても表せない！」

「ジョン！　怖かったわ！」夫人はわっと泣きだした。

「気持ちはわかるよ。今は思い切り泣いたらいい。気分がすっきりするから」

カー夫妻が言葉を交わしているあいだ、ロビンはどきどきしながら手紙を調べた。似たような文面については本で読んだことがあるが、まさか実物を目にするとは。こういう場合に専門家が展開する鮮やかな推理についても読んだことがある。さて、自分は送り手の特定につながる手がかりを発見できるだろうか。

「新聞の用紙みたいだね」ロビンがジャックに言った。「というか新聞の切り抜きだ。とすると、うまくすればどの新聞かわかるかもしれない。そんな場面を本で読んだことがあるんだ」

「どの新聞かわかったって、なんになるんだ」ジャックがふんという顔をした。

「そこを手がかりにして、犯人が実際に使った新聞を警察が見つけてくれるかもしれない。すごい証拠になるよ」ロビンが答えた。

ジャックはまだ納得できず、うなるばかりだ。

「ほら、いいかい」ロビンは手紙に視線を戻して話を続けた。「犯人は一紙だけじゃ自分たちのほしい文字を見つけ切れなかったんだ。〝ミセス〟はあったけど〝カー〟はなかった。だから別の新聞も使ってる。それから〝ー〟の活字だけが大きい。これもページを特定するのに役立つかもしれない。あと、〝ださい〟のところだけ太い活字になってる。こういうのもきっと手がかりになるよ」

ジャックも思わず聞き入っていた。しかし口を開こうとしたところへカー氏が割り込んできた。

「何が新聞を特定できるって？」

「ロビンの話だと、〝ださい〟のところが太いことで、何ページから活字を切り取ったかわかるかもしれないって」ジャックが本人に代わって説明した。

「そうなんです」ロビンも力説した。「太い活字って目を引きますから。元は宣伝文句かもしれない。〝**ぜひ一度お試しください**〟とか、〝**極上の茶の香りをお楽しみください**〟とか」

カー氏はなるほどというようにうなずいた。

「うまいところに目をつけたね。よし、ちょっと聞いてくれ。わたしはこの手紙の拡大写真を撮ってもらう。あと、ここ数日間のうちにこの地域に出回った新聞の見本をすべて手に入れよう。きみらは活字から新聞の名を調べてくれ。それがわかれば活字を使ったページが見つかるかもしれない。どうだ？」

ロビンの胸はさらに高鳴った。まさしくこういう仕事にあこがれていたのだ。何か役に立つ事柄がきっと学べるだろう。

「さて」カー氏が言葉を継いだ。「今から何をするか決めないと。まずマーティンさんに知らせようか」

カー夫人が即座に反対した。「それはだめ。危険よ。手紙に書いてあるじゃないの、警察に知らせたら、ベティは――」

カー氏は最後まで聞かずに反論した。

「きみ、金を払うのか？　これはきみの気持ち次第かもしれないな。わたしには金はないから」

「そりゃ払うわよ！　わたしには五千ポンドの遺産があるから。こんないい使い道はほかにないもの」

ここからしばらく、かなり激しい口論が夫妻のあいだでおこなわれた。カー氏は怒りをぶちまけた。あくどい盗人どもに、かわいい娘ばかりか我が家の財産もさらっていかれるなんて我慢できない。カー夫人も負けずに言い返した。あなたの面目や財産なんてどうでもいい。わたしたちにとって大事なのはベティだけよ。あの子を取り戻すにはぜったいに安全策を採らなきゃいけないわ。言い争いは三十分も続いたが、結論など出そうもなかった。双方とも妥協するつもりはなさそうだ。と、そのとき、ロビンが〝休戦〟案を出した。

「おじさん、警察に知らせるなら、犯人にわからないようにしないといけませんね。たぶん犯人の側にはスパイもいて、警部がここへ来るのか、それともおじさんが警察に行くのか、見張ってるはずです」

カー氏はロビンの顔を見ていたが、やがてうなずいた。

「まったくだな」心の広いところを見せてから妻に顔を向けた。「ロビンのいうとおりだ。どういう手を打つにしろ今は動かないほうがいい。お互いよく考えて夕食のときに結論を出そう」

「もうわたしの結論は出てるわ」カー夫人が跳ねつけるように言った。「これからすぐライマスの銀行へ行って、四千ポンド下ろす手続きを取ります」

カー氏は肩をすくめた。もはや何をどう忠告しても無駄だと悟ったのだろう。「じゃ、わたしは手紙と封筒をピンで製図版に刺して、事務所へ持っていこう。写真を撮ってもらうから。それからここ数日のうちにライマスで売られた新聞各紙の見本を手に入れる。あとの処置はきみらに任せるよ」

「はい、わかりました」ロビンが答えた。「できたら逆光でも写真を撮ってください。反転印刷（白黒が逆になっている印刷）がしやすくなるかもしれませんから」

「うむ、いい考えだ。やってみよう」

厳しい顔にやさしげな笑みを浮かべてカー氏はうなずき、部屋を出ていった。すぐに車のエンジン音が聞こえた。音は次第に小さくなっていった。

第九章　キューリー、探偵を演じる

カー氏が事務所に向かった後、ロビンもジャックも手持ち無沙汰《ぶさた》になった。こんなのは珍しい。なぜなら、二人はいつも朝から何々をやれとはいわれなくても、自分たちでやりたいことをすぐに見つけていたのだから。しかしベティがいなくなったうえに脅迫状まで送りつけられては、どうにも心が落ち着かない。今の状況と無関係な行動を起こす気にはなれなかった。

二人はただその辺をぶらついていたが、やがてロビンがやぶへ行ってみようと言った。「向こうに着いたら理由を話すよ」思わせぶりな言葉だ。

しかたなくジャックもうなずいた。二人が家からかなり離れたところまで来て、苔《こけ》に覆われた川岸に腰を下ろすと、ロビンがまじめな顔で言いだした。

「あのさ、モック、いろいろ考えてて一つひらめいたんだ。見当違いかもしれないけど、どうしても気になるんだよ。どう、ちょっとぼくらだけで調査してみないか」

ジャックはあまり乗り気でもなかったが、ともかく話を聞いてみようと思った。「どんなことがひらめいたんだ」

「ぜったい内緒だよ。誰かに話しても平気だとはっきりするまではね」

「ああ、わかったよ」

「誓える？」

「当たり前だよ、バカだな。どっちにしろ大したことじゃないんだろ」

相手の反応に気遅れしちゃいけないと、ロビンは自分を励ますように話を続けた。「これからいうことを聞けば、どうして内緒なのかわかるよ。あのさ、ベティを誘拐した可能性があるのに、まだ誰にも疑われてない人間が一人いるじゃないか」

ジャックも少し興味を抱いたようだ。「え？」もどかしげな表情になった。「誰のことだ。早くいえよ」

「エイダさ」

ジャックは目を丸くした。「エイダ!?　だって――。どうしてさ。エイダはずっと家にいたんだぞ。犯人はベティをさらってったんだ。エイダは家を離れてない。それに――。そんなわけない、あんなにあわててたじゃないか」

「違うよ」ロビンが言い返した。「そうじゃない。誘拐するのに家を離れる必要はなかったんだ。それにあわててたっていっても、あんな演技なら簡単にやれる」

「なんだか変だなあ。でもとにかく説明してくれよ」

ロビンはひそひそ声で、いかにも重大な秘密をもらすように話しだした。

「昨日、ぼくらが構脚の端にいたときのことだけど。ほら、引き込み線車掌のラリー・ウィリアムズが上着を持ってやぶから出てきて、斜面を登って有蓋貨車に乗り込んだでしょ？」

「だからおれは気づかなかったんだ。それで？」

「じゃ、あの人がどうやって上着を貨車に持ち込んだかも見てないんだね」

「当たり前だろ、姿も見てないんだから」

「そうか。ぼくはたまたま目にしたんだ。ラリーは通路の端にそうっと上着を置くと、貨車に乗り込んで、それから置いた上着をそうっと手に取ったんだ。同じ場合、きみやぼくならどんな動作をする？」

ジャックはまだぴんとこなかった。「どんなって、同じようにやるだろ」

「いや、違うな。ふつうだったら、上着を腕にかけたまま乗り込むか、まず貨車のなかに放り投げてから自分も乗り込もうとするよ。そうだろ、モック」ロビンはいったん言葉を切り、思わせぶりに付け加えた。「ラリーはエイダの兄貴だよね」

ジャックは啞然《あぜん》とした。返事をしようにもなかなか言葉が出てこない。「じ、じゃあ……ベティは上着に包《くる》まれてたのか？」

ロビンはうなずいた。「ただの推理だけどね。ラリーとエイダが、ほかの誰かと組んで、ベティをさらって身代金を要求したんじゃないかな。そのうちわかるだろうけど、きっと仲間が一人いるはずだ。エイダがベティを連れ出してラリーに渡す。そしてラリーが三人目のやつに渡したんだ。でも、これが絶対の真実《ゴスペル》だとはいってないよ。ただ調査する価値はある」

ジャックがロビンの説に納得するには少し時間がかかった。まず、エイダとラリーがひどい罪を犯したと指摘されたことにむっとした。さらに、自分ではなくロビンが事件の真相に近づいたらしいことがおもしろくなかった。だがしまいに心のもやもやは四月の雲のように晴れていった。

ジャックは身を乗り出した。

「うん！　もしおれたちの推理が正しかったらすごいぞ！」すっかり自分も同じことを考えた気になっている。「警察より先に犯人を捕まえられるかもしれない！　よし、やろう！　まずどうしたらいいかな」

「賛成してくれてありがとう」ロビンはまじめに礼を言った。「それから、今の推理を裏づけることがあるんだ。誘拐の時刻だよ。きみのお母さんはあまり外出しないだろ」

「つまり、邪魔者がいないときを選んだわけか」

「うん。違う？」

「ああ、たしかに。そう考えるとそうだな」

「もしエイダが仲間じゃなければ、おばさんがいつ家を空けるか、犯人にわかるわけないからね」

「だけど、どうしてエイダにはわかったんだろ」

「そりゃ確認状さ。歯医者の予約の確認状を見たんだ。一週間近く食堂の炉棚に載ってたもの」

ジャックはすくっと立ち上がった。顔色が変わっている。

「行こうぜ」じれったそうに言った。「ぐずぐずしてられない。時間の無駄だ。どうしたらいい？」

だがロビンはあわてなかった。本格的に動きだす前にじっくり計画を立てようと力説した。

「いいかい、とにかくぼくらの狙いを人に知られちゃだめなんだ。まずは、ラリーがやぶのどこにいたのかを突き止めたい。だけど列車が出発しないうちに始めると姿を見られちゃう。ラリーが塀のどのあたりを越えたか、調べる方法はあるかな」

「二人で考えよう。きみ、塀は有蓋貨車の反対側だと言ったよな。つまり貨車は斜面の端にあったわけだ」

「じゃ、そこへ行ってみよう。やぶのなかを歩いて、列車が走りだしたら外へ出ればいい」

二人はさっそくやぶのなかを進み、有蓋貨車の反対側に達すると、空の貨車が切通しに向けて走りだすまで待った。貨車が見えなくなると、すぐに塀をよじ登り、ラリーが越えた地点を特定しようとした。荷を下ろしていた作業員たちが川岸の向かい側で休んでいる。構脚の上にいる人間に見られているとは、誰も思っていないようだ。

やがてロビンが一点を指さしながら声を上げた。「あそこだ。ほら」

ジャックがそちらに目を向けると、塀にかかったワイヤに粘土の跡がついていた。誰かが踏み越えていったらしい。やったぞ。もちろんラリーの足跡だという確証はない。だが川岸を降りたとすれば、ラリーの靴には粘土がついていたに違いない。だから可能性は大きい。

「ラリーが歩いた跡を辿れるかな?」ロビンが言った。

二人は川岸を登ってやぶに戻り、足跡の反対側の地面をじっくり見ていった。ほかの足跡もすぐに見つかった。やぶに通じる一本線をまたぐように、草や地面に出た根に小さな粘土の跡がずうっとついている。やすやすと跡を辿ってゆくうちに、二人は鉄道からはまったく死角に入っている大木の下に来た。見ると三メートル四方の場所に粘土の跡がごちゃごちゃあった。しかし、じっくり調べたがその向こう側には跡はない。

「ここへ来たんだな」ロビンが甲高い声を出した。「ここで待ってたんだ。足跡が物語ってる」

一方ジャックは、少し離れたあたりをうろついていたが、いきなり「あ!」と叫んだ。「ここだ! キューリー、来てみろよ! きみの推理が証明できるぞ」

ロビンが走り寄った。狭い砂地に、かかとの跡がある。女物の靴のかかとだ!

「エイダだ!」ロビンはあえぐように言った。

「そうらしいな」ジャックはにんまりした。「いずれにしろ、わりに最近ここで誰かが誰かと待ち合わせをしてたわけだ」

ロビンは心なしかどぎまぎしているようだ。

「ぼくら、出だし好調だね。こんなに運よくいけるなんて思ってた?」

「運じゃないよ。犯人がここに足跡を残し、おれたちがそれを見つけたんだ。別に運じゃない。これは――」ではなんなのか、自分でもはっきりしないようだったが、控え目に付け加えた。

「技術だ。さ、次はどうする? 親父に報告する?」

「だめだよ!」ロビンはぞっとしたように答えた。「すぐにやることがたっくさんある。たとえば、この足跡がエイダのものだと証明しないといけない」

「そいつはちょっと難しいぞ」

「ちっとも難しくないよ。エイダをどこか柔らかい場所で歩かせて足跡を比べればいい」

「あいつ、そんなことやりゃしないさ」

「目的を話さなければいいんだよ。方法は簡単だ。これから家に戻ろう。きみはおばさんの裁縫道具入れから青い糸を取ってくれ。だけど何か理由が必要だな」

「リンゴを食べることにしようか」ジャックが提案した。うまいひらめきだと二人は思った。

「じゃ行こう。糸を取るところをエイダに見られないようにね」

二人は細心の注意を払って計画を実行し、大成功を収めた。帰宅してみると、カー夫人はライマスの川岸に行っていた。ねえ、エイダ、リンゴが食べたいんだ、もいでよと二人はせがんだ。エイダが庭に出てゆくと、ジャックは何か飲みたいなと言いながら食堂までレモネードを取りにいった。そこで義母の裁縫道具を入れたかごから青い糸を抜き出した。こうして必要な材料をそろえると、二人はまた何気なく外へ出て、午後にはエイダのために魚釣りをしようかなどと言葉を交わした。

エイダから見えないところまで来ると、ロビンはジャックを連れてやぶに入った。そうして、ウサギたちが粘土状の〝落とし物〟をしていった地点で足を止めると、その〝粘土〟の一つの前にある低木に、長さ十センチ足らずの糸を吊り下げた。

「エイダを呼んできて」ロビンがジャックに声をかけた。「青い糸を見つけたことにするんだ。これがベティの服から取れた糸かどうか教えてって言うのさ。ぼくはここで見張り番をしてるから」

計画は大成功だった。エイダは姿を見せると、土の上を通って糸にしばらく視線を向けていた

が、ベティの服とは無縁な糸だと告げると家へ戻っていった。あとには足跡がくっきり残った。

「あの足跡にそっくりだ！」エイダの姿が消えるなり、ジャックが嬉しそうに叫んだ。「同じだよ、間違いない」

「たぶんね」ジャックより慎重なロビンも応じた。「でも型を採らないと」

「何言ってんだよ！　そんな時間ないだろ。すぐ家へ帰って親父に言おう。あとは警察に任せるんだ」

ロビンは強く反対した。これはぼくら探偵の大勝利じゃないか。なんたって推理はぴたりと当たったんだ。ここでせっかちに行動すれば、何もかも台無しになってしまう。

「とにかくさ」ロビンは相手をなだめるように話を続けた。「ぼくら、まだ何も証明できてないんだよ。だけど型を採れば、これがエイダの足跡かどうかわかるんだ。ね、この機会を生かさないと」

「ああ、わかったよ」ジャックもしぶしぶ受け入れた。「好きなようにやれよ」

本当は自分たちの企てがうまくゆけば嬉しいとジャックも思っていた。だがカメの歩みのようなロビンのやり方を見ていると、たまにいらいらしてくるのだ。

二人はカー氏の仕事場へ行き、ニスと焼き石膏を手に入れた。ロビンは、洞穴でやったときよりなお慎重に、二箇所で見つけた女物の靴跡の型を採った。ジャックは目を輝かせて、こうしたらいいよ、がんばれ、などと何度も声をかけた。するとそのとき、ある考えがふと頭に浮かんだ。あ、もしかしたらロビンの推理は見当はずれかもしれない。

「キューリー、これ、意味ないんじゃないか？」声を張り上げた。「ベティがあんな上着に包《くる》まれてたはずないよ！」

ロビンは目を丸くして友を見つめた。

「わからないか？」ジャックが話を続けた。「音がしなかっただろ。もしなかにいたら、ベティはギャーギャー叫んでて、かなり遠くの人にも声が聞こえたはずだ」

少年たちはがっかりして顔を見合わせた。これは決定的な一撃ではなかろうか。ベティは、もし今でも生きているなら、あのときには上着のなかでじっと耐えていたのだろう。もしすでにこの世にいないなら、つまりはラリーとエイダに、あるいはそのどちらかに殺されたということだ。

少年たちにはそんな可能性はとても受け入れられなかった。

「くそ」ジャックがいまいましそうに言った。「エイダなんて、おれ嫌いだけど、あいつ、ベティのことはかわいがってた。そんなひどいまねするはずないよ」

「そうだね」ロビンも残念そうに認めた。二人はのろのろ立ち上がった。ロビンがまた話しだした。

「だけどさ、モック、逆の見方もできるよ。ベティをさらったやつが誰であれ、もしエイダから聞いたんじゃないなら、おばさんが外出することをどうして知ったんだろう。どうしてラリーは上着をそうっと扱ったんだろう。ベティがいなくなったころ、あいつとエイダが会ったのは、いったいなんのためなんだ。もしあの二人じゃなければ、誰が犯人なんだ」

この意見もやはり筋が通っているので、二人は途方に暮れてしまった。やがてロビンが一つ提案した。

「このまま調べを続けてみないか？　何も得られなくたって害もないんだから。だけど何かわかれば、すっごい発見てことになるよ」

それはそうだなとジャックも答えた。「だけど、もうおれたち、できることはやっただろ？この二種類の足跡を親父の仕事場に持ってって比べてみたら、もうやることは残ってない」

ロビンの口ぶりが不意に熱っぽくなった。「残ってるよ！　たっくさん残ってる。まだきみには、ぼくの計画を何もかも話してなかったんだ。とにかくスコットランド・ヤードの刑事になったつもりで捜査を最後まで続けようよ」

「ほかに何が残ってるんだ」

「だから、たっくさんあるって。だけどまずはこの型採りを終えないと。ほら」立っている二人の傍らにある型にロビンは手を触れた。「温かくてかなり硬いよ。持ち上げてみよう」

ロビンは型をそっとゆるめて持ち上げた。見事な出来栄えだった。輪郭がくっきりしていて、細かいところまで実によくわかる。もう一つのほうもうまくいった。二人は双方をカー氏の仕事場に運び、ベンチの上に並べてみた。

寸法を測らなくても、同じかかとの跡であることは明らかだ。いくつかある小さなでこぼこの位置もぴったりだ。

もう決定的じゃないか！　エイダとラリーはあの大木の下で会ったのだ。ベティを誘拐するためでなければ、いったいなんのためだ。

少年たちが作業を終えて足跡を安全な場所にしまうと、昼食の時間になっていた。きみの計画を教えろよと、ジャックはロビンにせがんだ。しかしロビンは食事がすむまで待ってくれときっぱり答えた。

ジャックは昼食の席で、ロビンもひそかに感心するほどの名演技を披露した。実際それまでのロビンの評価よりずっと抜け目ない面のあることを示した。義母に対して、エイダの前で、身代金を払うために銀行から貯金を下ろしたのとたずねたのだ。下ろしたわと義母は答えた。とたんにジャックは、犯人の言うことなんか聞いちゃだめだと怒った。そうして義母に対して、エイダの前で、危険を冒すことなどできない、身代金も払うし、犯人の指示にはなんでも従うつもりだと反論するようにしむけた。

「そりゃあ、あの遺産をなくすのは残念よ。だけどベティの命と比べたら、お金なんて」

カー夫人がしみじみと言ったので、エイダが夫人の意図を疑うとは思えなかった。また、もしエイダが誘拐犯のスパイ役なら、犯人たちだって夫人の意図を疑うことはあるまい。ロビンの推理が正しいとすれば、そういう事態は実に望ましい。なぜならやつらに怪しまれないで捜査を続けられるはずだからだ。昼食が終わるのをロビンはがまん強く待った。

第十章　目立たない足跡

「さあ」昼食後まもなく、ロビンと二人で例のやぶの苔むした場所に戻るとジャックが言った。

「すごい推理の続きを聞かせてくれよ」

「べつにすごくもないよ」ロビンはまじめに答えた。「でも間違ってないと思う。こうだ。ベティが上着に包《くる》まれてたとしたら、列車が走りだしたときに貨車で運ばれてったわけだ。すると、どこで貨車から下ろされたんだろう」

「切通しじゃないか?」

「そこが問題なんだ。ほんとにそうかな。切通しにはベティを隠せるような場所はなさそうだけど」

「だったら貨車にはいなかったんだろ」

「それは違うな。列車は別の場所で停まったかもしれない」

「ほかの場所じゃ停まらないよ」

ロビンは友をどなってやりたかったが、ぐっとこらえた。こいつ、いちいち逆らうなあ。理由は二つあるのだ。ロビンにもわかっていた。まず、ジャックは探偵のまねごと自体にはべつに興味を持っていないこと。さらに、第二バイオリンを弾く役目、つまり脇役に置かれているのが不満なことだ。ロビンは、年齢からすれば驚くほどの知恵を働かせて、目の前の友になんとか今後も一緒にやってゆける方針を示そうと苦労した。それが示せれば、ジャックもまた熱意を持ってくれるはずだと信じているからだ。

「まずぼくらが突き止めなきゃならないのは」ロビンは相手の気持ちも汲んだ答えを返した。「ほかの場所で停まったかどうかだね。ね、モック、これはきみにしかできないんだ。せっかく二人でここまでやってきたんだから、途中であきらめるのはやめようよ」

「だけどおれ、どうすればいいのさ。列車が走ってる最中に停まる場面なんて見たことないぞ」

「機関士に聞けないかな?」

この言葉でジャックも乗り気になってくれるはずだ。機関士がいるところはジャックの大好きな引き込み線だから。はたしてロビンの期待どおりだった。

「ああ、いいね。レイクさんの機関車で切通しまで行くあいだ話ができる。だけど、そうするとおれたちが調べてることがバレないかな。というか、おれたちは調べてますよって、わざわざ教えることにならないか?」

「ならないよ」ロビンがむきになって答えた。「ちゃんとうまいやり方を考えてあるから。いいかい?」ジャックに計画を説明した。

幸いジャックにも興味が持てる説明だった。

「よし、早くやろう」ジャックはじれったそうに言った。まるでロビンのほうが尻込みしているかのような口ぶりだ。「機関車がごみ処理場の近くに停まってるかどうか見にいこう」

二人は柵を乗り越えて斜面を登っていった。お、列車が停まってるぞ。だがとたんにロビンはがっかりした。いつものとは違う機関車が連結されていて、機関士室には見たことのない男がいたからだ。それでもジャックはとくに表情も変えることなく、機関車に乗り込んでいった。

「こんにちは」ジャックが機関士に声をかけた。「ぼく、カーの息子です。レイクさんに伝言を持ってきたんですが、どこにいるかご存じですか」

相手の男はうなずいた。「ライマスの機関車庫にいるよ。洗車してる」

「じゃ、ぼくらもこれに乗せてもらって切通しまで行ってから歩きます」

男はだめだとは言わなかった。ロビンも乗り込んだ。少年たちにとっては休暇初日に続く経験となった。あのときに乗ったのと似た機関車だ。ただこちらのほうが大きく、型も新しい。ボイラーの端にある火室はふつうより高く、てっぺんが四角い。それに運転席の窓から見える前方の景色が狭い。やがて列車はのろのろ駅に着いた。

「たしか」ロビンはいささか軽はずみに言いだした。「本線を走る機関車に乗せてもらうときは、おじさんの許可がいるはずだよね」

だが心配は無用だった。

「これは特別さ」ジャックはきっぱり答えた。「それに道を何本か渡れば車両庫に着くんだ。親父だって怒らないよ」

ロビンには意外なことに、二人は誰からもとがめられず一番線プラットホームの傾斜路《ランプ》を降りられた。そうして、ジャックの言葉どおり何本かの道を渡ると機関車操車場に着いた。すでにポッターと一緒に見て回ったことのある場所だ。緑色の巨人を思わせる機関車をゆっくり回している転車台（機関車や車両の方向を変える軌道付き回転台）を過ぎると、二人は陰気な洞穴という感じの機関車庫に入った。

ここは長方形の大きな建物で、すすで汚れ切ったガラスの屋根が乗っている。車両が四台通れるようになっていて、正面と裏口に両開き戸がついている。各線の線路のあいだには、ところどころに点検場所がある。上を見ると、煙用の樋《とい》が屋根の外まで出ていた。あちこちに機関車が停まっている。半分ほどはいつでも出発できそうで、生き生きしているが、残りはまるで死んでいるような感じだ。へえ、走る準備ができてない機関車って、こんなに元気がなく見えるのかと、ロビンは目を丸くした。〝生きている〟とか〝死んでいる〟とかいう言葉を使っても大げさには思えない。むしろ双方の違いを表すにはぴったりだ。

四方に目をやると、少年たちにはすでにおなじみのバラスト運搬車がすみに停まっていた。火室の底の穴から水が勢いよく出ている。そのわきには、ひざ上まである長靴をはいたレイク機関士が立っていた。穴の一つに棒を突っ込み、揺り動かしている。少年たちに気づくと、手を動かしながらうなずいた。

「あれは何してるの」ロビンがジャックにたずねた。もちろんレイクの動作に興味を持ったからだが、友に〝講義〟をする機会を与えてやるためでもあった。

「洗車さ」ジャックは喜んで小さな〝わな〟に飛び込んだ。「水が沸騰したらすぐ自分は離れるんだ。汚物が火室の底に降りてきて、あそこの穴から外に出てくる。ほら、てっぺんにある別の

穴にホースが入ってるだろ。あれも汚れを洗い流すのさ」

「レイクは棒で何やってるの？」

「底に固まったかすを突っついて外に出やすくしてるんだ」

ジャックが話しているあいだに、レイクが棒を引き出し、火夫がホースの水を止めた。それが終わると、二人の作業員はそれぞれの穴に大きな栓《せん》をねじ込んでいった。そのうちレイクは残りの作業を火夫に任せて少年たちに近づいてきた。

「ここのは水質がいい」レイクが言った。「柔らかくて水垢《みずあか》が残らない。次の洗車までに二倍の距離を走れるぞ」

「機関士さんが自分で洗うとは知らなかったな」ジャックが応じた。「洗車をする係はいないんですか？」

「うちのところみたいな大きな操車場にはいるよ。ここにはいないけど。だが、いても仕事はなさそうだな」

ジャックはおしゃべりを続けている。ロビンはここでも友の見事な話術に驚いた。自分たちは実用運転されてまもない新型蒸気機関車を見にきたのだが、まだここに着いていないようなのでがっかりしているということを、はっきり口にしているわけではないのに、ジャックはなんとなくレイクに飲み込ませたのだ。しかも、ロビン自身が指摘していた線路の件に話題をうまく変えている。

「ゆうべも、ぼくら話してたことなんですけど」あ、そういえば、といったようすを巧みに示しながらジャックは言葉を継いだ。「ある男から聞いたんです、切通しとごみ処理場のあいだにバラスト運搬車が停まってるのを見たって。そんなはずないってぼくは言ったんだけど、相手も頑固《がんこ》なんです。レイクさん、ほんとに停まったんですか」

レイクは首を振った。

「いや。停まる必要なんかなかった」

「でもそいつ、ぜったい停まったよって。昨日の午後、操車場のそばの新しい陸橋を渡ってたら見えたっていうんだけど。勘違いですよね」

「ああ。昨日の午後でもいつの午後でも同じことだ。道路沿いに停まるわけがない」

とするとジャックが正しかったわけだ！　ぼくの推理には穴があったのか。完璧だと思ってたのにな。でも、ここでくじけちゃいけないぞとロビンは自分に言い聞かせた。

「うまく聞き出せたねえ。すごい」五分後に引き込み線まで戻ってきたところで、ロビンは素直に友をほめたたえた。「あれならレイクさんにも怪しまれっこないよ」

「だけど、きみの推理はだめになっちゃったな」ジャックはずけずけと言った。「バラスト運搬車が停まらなかったら、ベティを貨車から降ろせっこない」

ここでまた友を〝だます〟必要があるなとロビンは察した。

「そうかもしれない」まず、いさぎよく認めた。「でも一つはっきりしたよ。ぼくら、一歩前へ進んだんだ。つまり、ベティが貨車にいたなら、降ろされなかったわけだよね——」とっさにジャック得意の鉄道用語を使った。「切通しには」

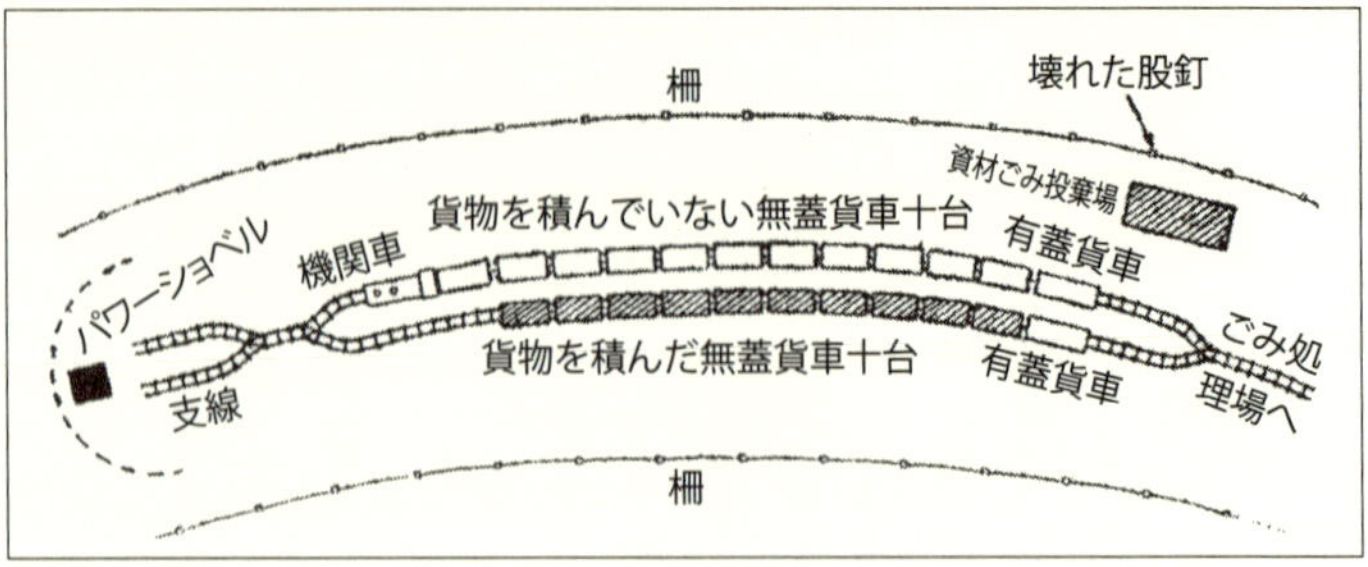

「それにしたって事件の解決には関係ない。いったいベティはどこにいるんだ」
「よし、十分後に切通しを通るから、あの辺を歩いてみよう。何か見つかるかもしれない」
ジャックもしかたなくうなずいた。二人はぶらぶら歩きだした。切通しまで来ると、ジャックは立ち止まり、貨車を支線に入れる作業を見つめながらきっぱり言った。あのやり方、しっかり覚えとかないとな。ああそういえば、ジャックの判断は鋭かったな。のちにこのときのことを振り返ったロビンは、しみじみそう思った。

車両の動きはいたって単純だった。ごみ処理場から延びている単線の先に環状線があり、そこを過ぎると単線は二本の短い支線にわかれ、それぞれがパワーショベルに向かっている。機関車と十台の小型無蓋貨車と有蓋貨車とからなる列車が、ごみ処理場から環状線まで来ると、その上部に入っていった。土を積んだ無蓋貨車十台が、別の有蓋貨車を連結した状態で環状線の下部に停まっている。双方の列車は並列状態になった。車掌のラリー・ウィリアムズが一方の有蓋貨車を降りて他方の有蓋貨車に乗り込むあいだに、機関車が切り離され、線路を変えて土を積んだ列車の先頭についた。機関車はこの列車をごみ処理場まで押していった。そのあとは線路変更をせず、貨車が空になればすぐ元の位置に戻ろうと待っている。

土を積んだ貨車がごみ処理場に向かうと、ディーゼル機関車があとを追うように環状線の下部を通り、何も積んでいない列車の有蓋貨車の後部につき、貨車を切り離すと環状線の下部まで引っ張ってゆき、次の列車が来るのを待たせた。次に環状線の上部に戻ると、機関車は空の列車を切通しの壁面まで押してゆき、無蓋貨車を一台ずつ各々の支線へと交互に入れた。貨車は土を積まれると、機関車に引かれて走りだし、環状線の下部を通って有蓋貨車に接続される。各々の無蓋貨車に乗っている作業員がブレーキを操作する。十台の無蓋貨車が接続されるころには、他方の列車がごみ処理場から戻ってきている。こうした工程が繰り返される。

この作業の結果、ごみ処理場から走ってきた列車の有蓋貨車はいつもぴたりと同じ位置に停まる。停車地点に来た少年たちは調査を開始した。

「ここはほかの場所から死角になってる」何やら秘密をもらすような口ぶりでロビンが言った。「線路が曲がってるでしょ。だから無蓋貨車がじゃまになって、パワーショベルのほうからこっちを見ても視界がさえぎられるんだ。それにあの並木が壁になって道路からも見えない。ここだったら有蓋貨車からどんなものでも降ろせそうだ。誰にも気づかれっこないよ」

ジャックは友の推理に感心し、進んで助手となって付近にあるものを手当たり次第に調べだした。

「列車が遠ざかってかないと動けないな」

「ぼくらが何をしてるか、ラリーに見られたらまずいからね」ロビンも強くうなずいた。

二人は何も見落とすまいと、目を皿のようにしてあちこち調べたが、始めのうちは成果を挙げられなかった。有蓋貨車の停車位置は狭く平らな地面のちょうど向かい側で、ごみ処理場から延びた壁面が途切れて切通しが延びだしているところだ。この点を利用して、環状線のわきに小さな資材ごみ投棄場が設けられていた。使い古した枕木や線路や留め具などが山と積まれている。しばらくするとロビンは立ち止まり、こうした古資材の山を見つめた。

「モック、ここにも事件の鍵がありそうだよ。あの枕木の陰なんて、塀を通って何か荷物を押してきた人間にとっては絶好の隠れ場所じゃないか。つまり誰かが線路から見てる場合にはさ」

「塀を通ってね」ジャックは確認するように応じた。「乗り越えて、じゃないんだな」

「そのとおり。塀の下の部分を通るんだ」

「でもそんなの無理だ。柵はできたばかりだし、有刺鉄線が張ってあるだろうさ」

「じゃ確かめてみよう」

二人がいる地点の柵はコンクリートの支柱と鉄線でできていた。鉄線は各々の支柱の正面を通っており、股釘《ステープル》で支柱にしっかり留められていた。股釘は支柱の穴に差し込まれ、動かないように両端を広げてある。少年たちはまず鉄線を調べたが、ジャックのいうとおりだった——ぎゅっと押さえつけられており、はずれそうもない。

と、そのとき、ロビンがあることに気づいたおかげで、たちまち二人は元気一杯、やる気満々になった。積まれた枕木のすぐ後ろの支柱を見ると、下から二番目と三番目の股釘が壊れている

ではないか！

二つの股釘は鉤状《かぎじょう》になっている。だから鉄線は押さえつけられておらず、ただ鉤の上を通っているにすぎない。

「やったぞ！」ジャックは叫び、双方の鉄線を持ち上げてぐいと引き離した。支柱同士のあいだには自由に動けるほどの距離があるので、直径三十センチは広げることができた。

「ほら、これで」ロビンが上ずった声を出しながら、下の鉄線にかすかながらついている泥の跡を指さした。「手口がわかった。誰かがここに足を載せたんだ」

ジャックはもちろん感心した。

「留め金を壊したやつが誰であれ」ロビンが言葉を継いだ。「新しいのを付け替えなかったんだね。なぜかな」

「見つからなかったのさ」

「きっと頭のいいやつだから、その気なら

ほかの柱の留め金を二つ三つ抜いて使っただろうに」

このとき、ゴーッという低く重々しい音が二人の背後で聞こえた。

「列車が来るぞ」ジャックが言い、さっと鉄線を元に戻した。「今のうちに逃げよう」

少年たちは線路づたいにごみ処理場のほうへ歩きだした。その脇を列車が通ってゆく。二人はまず先頭にいる見知らぬ機関士に、次いで最後尾にいるラリー・ウィリアムズに、それぞれ手を振った。

「橋のところで道路に降りないか?」ロビンが言った。「ちょっと戻って柵の外で足跡を探したいんだ」

ジャックも賛成した。列車が遠ざかるや二人はくまなく調べた。しかし無駄骨だった。

「だいじょうぶさ」来た道を戻りながらロビンがきっぱり言った。「順調にいってるよ。どうしてあの留め金が壊れてたのか。誰かがわざとやったとしか考えられない。だとしたら、目的はただ一つ、鉄線を広げて何かを柵のなかへ入れることに決まってる」

「おれ、考えてみたんだ。枕木が無蓋貨車から放り投げられたとすると、片方の端から落ちて、ばね仕掛けみたいにひっくり返ったのかもしれない。こんなふうにさ」ジャックは両腕を振った。「で、もう片方の端が支柱の面にバシッと当たって、留め金を壊した可能性はないか?」

ロビンは友の推理について、例によってじっくり検討した。

「無理だろうね」しばらくして口を開いた。「その場合だと、枕木の当たった留め金の頭の部分が壊れてはずれると思う。やっぱり誰かが留め金をわざと壊して鉤みたいに曲げたんじゃないかな」

「そうかもしれない」ジャックも冷静に認めた。

「きっと犯人も留め金を完全に壊したり抜き取ったりするのはできなかったんだ。鉄線は、何かに支えられてなかったら途中でたるむだろうから、人目を引いてたかもしれない。でも実際は違うから、どこがおかしいのかよく調べなきゃいけないんだ」

ジャックがいきなりくすくす笑いだした。「よおし、おれたち、いいとこまで来たなあ、キューリー！ これからどうする？」

ロビンもそれを考えていた。

「やっぱり」少し自信なさそうに答えた。「きみのお父さんに話したほうがいいね。どう？」

ジャックにも反対する理由はなかった。

「うん、それがいい」迷いなく答えた。「今から事務所に行こう」

これからどんな展開が待っているのか、二人はわくわくしながら走りだした。

第十一章　時間《タイム》と活字《タイプ》

運がよかったせいばかりでもないのだが、十分後に二人が事務所に着くと、カー氏も居合わせていた。実のところ、カー氏は電話のそばを離れる気になれず、自分の仕事の大部分を占めるようになった捜索活動の量を減らしていた。ベティに関する報告を受けたときに、すぐ対応するためだ。

「おお、どうした」カー氏は不安げに息子たちを迎えた。「何かわかったか」

「ううん」ドアをそうっと閉めながらジャックが答えた。「お父さんの考える意味ではね。だけどキューリーが仮説を立てたから、ぼくらお父さんに聞いてもらおうと思ったの。二人であちこち歩き回って、けっこう成果があったよ」

カー氏は手にしていたペンを置き、椅子の背に寄りかかった。

「そこに座って話してくれ」

「きみから話せよ、キューリー」ジャックが太っ腹なところを見せた。「きみが主役だ」

「ジャックも活躍したんですよ、おじさん」ロビンが応じた。「ベティが家からさらわれたときのようすをぼくらは考えたんです。まだ立証はできませんが、裏づけになりそうな事柄はずいぶんあります」

「話してくれ」カー氏がさっきと同じ返事をした。

「ぼくらが誰を疑ってるか、お聞きになったら不愉快になられるかもしれません。でもぼくらとしては、あくまで事件を――」

「キューリー、前置きはいいから早く言っちゃえよ」声は低いが、もどかしげにジャックが口をはさんだ。「キューリーはエイダとラリー・ウィリアムズを疑ってるんだ」

「エイダを？」カー氏はびっくりしたようすでお手伝いの名を口にし、数秒のあいだ黙った。

「根拠はなんだね」

いかにもこの人らしい反応だなとロビンは思った。たいていの大人なら、そんなのは馬鹿げているという一言で片づけて、ロビンたちを不当な言いがかりをつける人間だと見なすだろう。だがカー氏は違った。もしロビンの仮説を不当なものだと判断したら、きっと反論するだろう。しかもかなり強い口調で。しかし実際には、まずとにかく少年たちに対して、言い分の正しさを証明する機会を十分に与えようとしているのだ。

「たまたま気づいたことだったんです」ロビンが話し始めた。「ぼくら、構脚の端にいたんです。まだ建設途中のあそこですけど。で、見てしまったんです……」ラリーがやぶから出てきて、有蓋貨車のなかに自分の上着をそうっと入れたことや、自分たちがやぶを調べた結果、ラリーがここで女と会っており、実験によって女がエイダだとわかったことをロビンは語った。さらに、機関車倉庫を訪れたときのようすにも触れ、レイク機関士から大事な証言をさりげなく引き出したジャックの話術をほめたたえた。最後に、柵の鉄線の留め金が二つ壊れていたこと、またその二つの位置が重要な点だと自分もジャックも思っていることを付け加えた。

話を聞きながらカー氏は深刻な表情を浮かべていった。ずっと黙っていたが、ようやく口を開いた。

「きみらの疑いが正しいかどうか、まだなんともいえないが、大変な活躍だったことはわかった。すごいね、二人とも。それだけの成果を挙げられたのも、しっかり計画を立てて実行に移したからだ。さらに調べを続けるための十分な根拠を得たわけだな。さて、ではこれからどうしたらいいか、三人で考えないとな」

ロビンは嬉しくて踊りだしたい気分になった。話をするまでは、まさか笑い飛ばされておしまいということにはなるまいが、冷たく受け止められるだけではないかと不安だった。だが、しっかり聞いてもらえたばかりか、自分たちの主張に沿って行動することも認めてもらえた。何事も自分たちの力でがらりと変えられるんだ！　みんながんばれば世界を変えられるんだ！

「きみらの狙いは誰にも怪しまれていないんだね？　エイダにも、ラリーにも、まだ正体のわからない第三者にも」

「はい、ぜったいに」ロビンが答えた。「その点はジャックもほんとにうまくやってくれました」エイダの目の前で、わたしは脅迫状の指示に何もかも従うわと、カー夫人が言い張るよう巧みに仕向けた友の功績についてもロビンは語った。

カー氏はべつにそういうことを聞いたのではなかったが、そのまま言葉を継いだ。

「マーティンさんにも今の話を伝えておこう。真相を究明するにはやはり警察の力が頼りだ。だがこっそりやらないと。いいな。わたしは車で外へ出て公衆電話で警部に連絡を取る。どこか田舎の静かな場所で会ってもらうよ。誰かに見られないように」

「ぼくらも行っていい？」ジャックが目を輝かせて言った。

「それは無理だな。すまんがね。なにしろおまえたちは独力でここまで調べたんだから。しかし、二人が歩き回っているところを犯人に見られていた場合、その直後に我々が三人で車に乗って出かければ、犯人は容易に結論を出せるだろう。どんなことが起きるか説明しようか」

息子たちのがっかりした顔を見て、カー氏はとっさに言い方を変えた。

「いずれにせよ、二人にはここにいてもらうほうがわたしも助かるんだ。しばらくのあいだやってもらいたいことがあるんでね」

カー氏は戸棚を開けて一束の書類を取り出した。

「これは先週ライマスに出回った新聞と雑誌の写しだ。写真も三枚ある。実物大だ。一枚目はふつうに撮った脅迫状の写真、二枚目はロビンの要望どおり逆光で撮った写真、三枚目は封筒の写真だ」

「うわあ、すごい！」ロビンが叫んだ。新たに自分の探偵技術を発揮できる機会を与えられて、からだがぞくぞくした。「よく撮れてる写真だなあ！」

「我ながら、二枚目の写真については、きみの提案よりもうまくやれた気がする。脅迫状を裏返しにしたんだ。つまり表面を光に当てたのさ。これで裏側に映った印刷を正しい向きにできるだろう。映りだってずっといいだろうし」

カー氏を見つめながら、何かの作業を進めるうえでこんなに心強い味方はいないと、ロビンはつくづく思った。手紙を裏返しにするなんて、まるで思いつきもしなかった。だがむろんその効果は納得できた。

カー氏は窓の一つの前に置かれた製図用の机から数枚の図面を片づけると、二脚ある高い腰かけを指さした。

「ほら、あれに座りなさい。人が入ってこないようにしておくから。わたしが帰ってくるまで好きなようにやってごらん」カー氏は部屋を出ていった。が、事務主任のハガード氏に対して、自分がこれから採石場へ行くことや、〝新人技師〟二人には、自分が戻るまで無駄なおしゃべりなどで時間をすごさないよう、課題を与えたことを伝えている声がロビンにも聞こえた。

「ね、モック」二人だけになるとロビンが言った。「こういう作業ができるなんて、ついてると思わない？　ぼくは何度か遊びとか練習でやったことあるけど、本物の手紙を使ってやれるなんて。それも大事な手紙を！　あ、つまり、ぼくらが何か見つければ、ベティにとって大事って意味だけどね。それにお金のこともあるし」

「うん、たしかに」ジャックが言った。「だけど、何が見つかるのか、さっぱりわかんないな」

「どの新聞から文字を切り抜いたのか、突き止められるかもしれない」

「うん。でも突き止めたとして、それがなんになるんだ。どうもわかんないよ」

「だけど探偵には必ずわかるんだ。ぼくは何度も似たような場面を本で読んだ。探偵はまず始めにそういう作業をやるのさ」

「わかった。思うとおりにやれよ。何から手をつければいいんだ」

「封筒かな。書いた人間を見つけるには手紙より役に立つかもしれないよ、手書きだから。犯人もさすがに封筒には文字の切り抜きを使えなかったんだな。目立ちすぎるからね。あ、一つ大事なことを忘れてた。あの窃盗について記してあったきみ宛の手紙の写真も撮らないと。二通とも同じ人間が書いたのかもしれない」

「だけどあんなに雑な印刷じゃ、差出人は特定できないだろ」

「できるんだよ、きっと。何かの方法で。たぶん、ペンを上から下へ走らせるときの勢いとか、曲線の描き方とか、そういうところを見るんだ。でもとにかく、まず書いた人間の見当をつけなきゃ」

「あとは消印を見ればいいのか？」

「うん。昨日エクスハンプトンで押されてるよ。ここからどれぐらい離れてる場所かな」

「さあ。五十キロぐらいかな。ほら、これを見ろよ」

ジャックは壁際のテーブルから王立自動車クラブ《RAC》の道路案内を取り上げてページをめくりだした。

「四十キロちょっとだ」やがてきっぱり言った。

「とすると、水曜の夜に投函《とうかん》されたのかな。その点に手がかりがあるかもしれない」

「つまり、その時間に誰があそこへ行ったかってことか」

「うん。それに、どんな事情で行ったのか。エクスハンプトン郵便局の職員なら、今朝の配達でここに届けるには何時に投函しなきゃいけないか、わかるかもしれない。向こうへ行くのに使った交通機関は列車かバスかな。だとすると、人に姿を見られてるかもしれない。目撃者がいないなら、車か自転車で行った可能性が高い。車か自転車を持ってるのは誰か。たぶん警察はこんなふうに考えていくんだね。でも、どうやって捜査を進めるのかはわからないな」

「ふうむ、状況は厳しい。で、どうする？」

「新聞を調べようか。ほら、モック、ぼくらもこれが必要になりそうだよ。大物探偵はみんな使ってるんだ、シャーロック・ホームズ以来、みーんな」

ロビンはポケットに手を突っ込み、自慢の一品を取り出した。三種類の倍率つきの小さな折りたたみ式虫眼鏡だ。ジャックもそれをつまんだ。

「こんなの初めて見たよ。まったくきみは底知れない人間だな。こんな切り札まで持っててさ」

「いつもポケットに入れてるんだ」ロビンはにやりとした。「まあこれから役立ってくれるだろうね。ほら」

文字が印刷されている書類をレンズで調べてから、ロビンは書類とレンズをジャックに手渡した。

「ね、ざらついた感じがよくわかるでしょ。紙の表面て、ほんとはなめらかじゃない。小さなでこぼこがあったり、けばけばが出てたり、いろいろなんだ。それとこれとを比べてごらん」ロビンはカー氏の机から便箋を一枚取り出した。「表面がずいぶん違うよね」

レンズを覗き込むジャックの目が次第に輝いてきた。「きみの狙いがわかってきたぞ。要するに新聞をどんどん調べていって、どれが脅迫状に使われたかを見つけるんだろ」

ロビンはこくんとうなずいた。

「そのとおり。ただ正確には逆だけど。あてはまらない新聞を除外していくんだ。なにしろたいがいの新聞は似てるからね」

「よおし。やってみよう」

二人はけんめいに調べた。だがロビンが心配したとおり、あまりはかどらなかった。高級雑誌の紙質は滑らかすぎるとして、ほぼすべて候補から除《よ》けたが、新聞はどれも捨てられなかった。

「見込みなしだ」ジャックがいまいましそうに言い、山と積まれた候補を指さした。

「このどれもが怪しい」

「だけど少しは絞れたよ」ロビンが言い返

した。「少なくとも活字は新聞とかそういう種類の印刷物を切り抜いたものだろう」

「そんなことは前からわかってる」

「ううん、わかってなかった」

「そうかなあ――で、ここが行き止まりか？　それともまだ先へ進めるのかな」

やめるなんてとんでもない。ロビンは粘った。

「まだ始めたばかりじゃないか。とにかく活字がわかったんだから」

ジャックも気を取り直した。

「うん、そうだな。続けるか」

「活字からいろんなことがつかめるよ。まず、活字にはいろんな型があるんだ。たとえばさ」

ロビンは単語を指さした。「〝yard〟と〝will〟はふつうの型だ。スモールパイカ（11ポイント活字）とかいうやつだね。ペンを上から下へ走らせるときの勢いがけっこう強い。それからまっすぐな縦線の上と下に飾りみたいな短い横線がついてるね――こういう活字、たしかセリフっていうんだ。次に、ここには型が同じでももっと大きいのがある。ほら、〝daughter〟の〝ter〟と〝night〟の〝ight〟さ。こっちはさらに大きくて黒い型だ。太さはどこを取っても同じで、上と下には突き出てる部分がない。〝your〟と〝day〟を見てごらん。サンセリフっていう活字だよ」

ジャックはまじまじと友を見た。

「いったいどこでそんなことを覚えたんだ」

どういうわけか、ロビンはジャックに対してほんの少し〝悪いな〟と思った。

「うーん、こういう作業をしてる探偵の話を本で読んだから。ここが探偵の目のつけどころなんだ」

「ほかに大事な点は？」

「大文字の連なりを見てごらん。〝four〟の〝OUR〟と〝killed〟の〝ILL〟は同じ型の活字だ。上から下へ力強くペンを走らせてて、セリフを使ってる。それから〝on Peter〟の〝ONP〟はブロック体だ」

「大して意味ないだろ」

「そんなことない、あるよ。一つ明らかなことがある。大きなサンセリフの活字は、たぶん広告から取ったんだ。ブロック体の大文字は広告か見出しだね」

「なるほどな。まだ何かないか」

「それで何もかもわかるはずさ。さて、ここにある新聞から、〝and〟と〝thousand〟と同じ大きさのサンセリフの活字を探そう。もし見つかれば、その新聞は候補だ。見つからなければ除外していい」

しばらく作業が続けられた。ふつうの活字はどの新聞にもあるが、サンセリフはそういうわけにはゆかなかった。しかし、一時間ほど経ったころロビンが言った。

「たぶんこれだ。ほら、見てごらん、モック」

ラジオ・タイムズの広告記事だった。たしかにかたちと大きさがぴったり同じだとジャックも思った。ジャックはページをめくると、ひゅーと口笛を吹いた。

「角形大文字活字はどうだ？」独り言のようにつぶやくと、いきなり声を上げた。「あったぞ。項目の見出しのところだ。〝ON〟のあとに〝P〟が来てる。一緒に切り抜いたやつみたいに。〝7.30 a.m. ON PRADE〟だ！　これに決まってる！」

「確かめてみよう。この広告に〝ands〟があるかどうか探すんだ」二人はどこかの会社の温水器に関する記事を読んだ。「ほら、記事のなかに〝and〟は一箇所しかない。やったぞ！」

「どうしてだ」

「ん、わからないの？」

ロビンは興奮を抑え切れないようすで該当する単語を丸で囲むと、次のページをめくって窓にかざした。すると、〝and〟の向こう側に小さな活字の〝who〟が見えた。

「やったぞ」ジャックが叫んだ。「裏返した写真を見てみよう」

一目でわかった。カー氏が撮った写真では、〝who〟という単語が裏返しになった〝and〟の上でかすかになぞれた。

「〝ON　P〟でもやってみよう」ジャックが意欲満々の口ぶりで言った。

各朝刊に一つずつ、数でいえば七つの〝ON　PARADES〟があった。最初の三つはだめだった。だが水曜日の新聞を見ると、探していた裏返しの文字があった。これで問題解決だ。とはいえ念には念を入れてもう一度だけ二人は確認の作業をした。書き出しの〝Mrs.〟はある女性の名の前についていた。この人はどうやら何年も前から病弱でつらい日々を送っていたらしいのだが、ある日のこと人に勧められてグリック・オー・ログル・ピルを飲んだところ、たちまち元気になってその後も快調だという。こんな怪しげな全快を伝える記事の背後に、矢印の先が向いており、ワルツを踊るときに男性が足を踏み出す場所を示していた。こちらの記事の位置もぴったりだ。

少年たちはようやく満足できる結果を得られたのだ。と、そのとき、ドアが開いてカー氏が姿を現した。

「どうした、収穫はあったかな」

「大成功!」少年たちは笑顔で答えた。ジャックが付け加えた。「先週のラジオ・タイムズだった」

「ほんとか!」カー氏は目を輝かせた。「詳しく話してくれ」

ジャックとロビンは得意げに説明した。自ら結果を確認したカー氏も、やはり納得したような表情を浮かべた。

「よくやってくれた」力を込めて言った。「これも大手柄だな。さて、次はどうする。ラジオ・タイムズを読んでいるのはどんな人間か考えれば、何かわかるかな」

「ぼくら、まだそこまで考えてませんでした」ロビンが答えた。

「じゃあ考えてみよう。この新聞の購読者は大勢いるだろうが、金のない人間のなかには多くなさそうだ。引き込み線の作業員はどうかな」

「労働者は読みそうもないね」ジャックが言った。「でも機関士とか整備工とか給料の多い人は読むかもしれない」

「だけど」ロビンが口をはさんだ。「犯人は捜査の混乱を狙って買ったかもしれないよ。ふだんは読んでなくても」

「それは十分ありうるな」カー氏もうなずいた。「とすると、相手はかなりの知能犯だ。ふつうの犯罪者ならそこまでは考えない」

「そりゃ頭はいいはずだよ」ジャックが言った。「ふつうのやつならベティをさらうはずがない」

「たしかにそうだ。ロビンはうまいところに目をつけた。新聞販売店で聞き込みをしてみようか、ふだんとは違う人がラジオ・タイムズを買っていったかどうかと。もちろん確かめられない新聞もずいぶんあるだろうが、誘拐犯が地元の人間なら店の人が覚えているかもしれない」

「ラリー・ウィリアムズのことを忘れないでください」ロビンがもどかしげに言った。

「よし、あいつがラジオ・タイムズを取っているか、あるいは店で買ったか、そこを調べないとな」

「誰が新聞販売店の聞き込みをしたらいいんですか」ロビンがおずおずとたずねた。「ぼくらですか、それとも警察?」

「警察は脅迫状のことを知ってるの?」ジャックが口をはさんだ。「お父さん、通報しようかどうしようか迷ってたでしょ」

「通報しなかったよ」父が答えた。表情からして、かなり迷っているようだ。「この点は気になっていたんだ。本当なら警察にはすべて知らせたほうがいいからね。そりゃ、お父さんが黙っていたのはお母さんの希望を尊重したからだが、お母さんの言い分は間違いだと思う。これから家で話し合ってみるよ」

「お母さんはなかなか納得しないだろうね」ジャックが言った。

「してくれるはずだ。とにかくやってみよう」

「お父さんのほうはどうだったの。マーティンさんに会えた？」

「ああ。説明しよう。最寄りの公衆電話まで車で行って警部に連絡して、五時にケヴァーニングの交差点で待ち合わせることになった。それから採石場にいるマルコムソンに会いにいったんだ。実際あの男と会う用事があったから、車を使ったのは誰にも怪しまれていないはずだ」

「お父さん、一人前の詐欺師《さぎし》みたいだね」ジャックがにやりと笑った。

「そうさ、我々と犯人とは互いの腹の探り合いをしているようなものだ。違うか？　で、警部が交差点に来たから、エイダとラリーに関しておまえたちがやってくれたことを話した。警部は感心したようすで、すぐに捜査してみると言っていたよ。そのうち進展状況を知らせてくれるはずだ」

ロビンはどんなものだと胸を張りたい気分になった。自分の活躍でベティが助かるかもしれない、いやそればかりか、カー夫人の四千ポンドさえ使わずにすむかもしれない！　自分が独力で打ち立て、スコットランド・ヤードの警部にも負けないぐらいしっかり裏づけを取った仮説にもとづいて、警察が動いているのだ！　どうだ、すごいだろ！

だがカー氏は冷静に話を続けた。

「二人とも、先に帰りなさい。我々三人でいるところを敵に見られてはまずい。〝詐欺師〟の精神を忘れないようにな。わたしもすぐあとで帰るよ。家で今後の対策を話し合ったり、警察に脅迫状を見せる件について打ち合わせたりしよう」

　ジャックもまた、自分たちの調査が大きな成果を挙げたことに興奮し、歩いて帰宅する途中、珍しくも引き込み線に寄ってバラスト運搬車に乗ろうという気にはならなかった。

第十二章　捜査当局への訴え

少年たちが帰宅してみると、やや緊迫した空気が流れていた。カー夫人はそわそわいらいらしている。マーティン警部とコールズ巡査部長が居間にいた。近ごろ起きたある事柄についてエイダから事情聴取している。エイダは夕食を出す準備にかかるところだったので、カー夫人としてはまずいときに警察官が来たわけだ。しかし同時に、捜査の進展について聞きたいという思いもあって、いらだちが募っていた。

少年たちは立派だった。互いに目も合わさず、十分後にカー氏が帰宅してからも、警察官の訪問に対してはごく自然な反感を示したのみだった。

「どうせならほかの時間に来ればいいのに」ジャックは見事なほどうまく〝頭にきた〟というふうを装った。「お腹ぺこぺこなんだよ」

「それはみんな同じだ」カー氏も応じた。「しかし歳月も警察も人を待たないものさ」

マーティンはカー氏たちに手間を取らせなかった。姿を現し、みなを居間に呼び寄せたが、せいぜいカー氏の通報に関して事情を聞いただけだった。コールズはテーブルの席についてメモ帳に何やら書き込みをしており、エイダはまるで敵に追いつめられているように壁を背にして立っている。顔を赤らめており、不安そうながら、ほおをふくらませて意地を張っているように見える。

「この一件についてのミス・ウィリアムズの行動には、当時の本人の発言にもかかわらず、問題ありと我々は判断しました」エイダをじろりと見ながらマーティンが言った。「みなさんのお耳にも入れておこうと思いましてね」

ロビンはどきどきした。じゃあ、ぼくの考えは正しかったんだ！　エイダとラリーは共犯か！　推理は立証されたんだ！　ベティはもうすぐ帰ってくるし、おばさんは四千ポンドを失わずにすむ！

だがちょっと待てよ。マーティンはなんの話をしているのだろう。一転してロビンは強い不安に襲われた。マーティンは漫談家か腹話術師を思わせるように得意げな顔でしゃべっている。エイダの話を自分の出し物とでも思っているのか。

「火曜の午後における自分の行動については隠し事があったと、ミス・ウィリアムズは認めました。ベティを一人にしておいた時間は二、三分ではなく、もっと長かったと。おそらく八分から十分だそうです」

全員の視線が一人に向けられた。

「なんですって、エイダ！」カー夫人がなじるように言った。「よくもまあ！　何をしてたのよ、あなた」

ジャックも啞然としたが、カー氏は落ち着いて受け止めた。

「それはずいぶん深刻な告白だな」重々しく言いだした。「何かもかも正直に話してほしいね」

「気を抜いたつもりはありません」エイダはすねたように小声で答えた。「ベティさまが危ない目に遭うとは思いもしませんでした。でなければ、おそばを離れたりしません」

「その点は誰もがわかっているよ」カー氏が応じた。「だがね、責任ある立場にありながら――。まあ、とにかく、説明してもらおうか」

ロビンは信じられない思いで二人のやりとりを聞いた。だがここはでしゃばらないほうがいい。獲物を絞め殺す大蛇《ボアコンストリクター》を目の前にしたウサギのように、どきどきしながら事態の進展を見守った。

「ミス・ウィリアムズ、わたしから話そう。間違っている点があれば指摘してほしい。ミス・ウィリアムズの兄のラリーは、新しい職場で引き込み線の車掌として働いているようだ。で、職務の関係で一日に何度か貨物を下ろす場所へ足を運ぶ。そこはこちらのお宅からさほど遠くない。だがまあ」マーティンはふっと口を閉じて苦笑した。「これはいうまでもないでしょうね」

「わたしどものことは気にせず、ご自由に話を進めてください」カー氏が答えた。

「承知しました。それから、どうやら――やはりみなさん、ご存じでしょうが――土掘り工事がおこなわれている引き込み線に、トム・ジェンキンズという夜警がいるようだ」カー氏がうなずいた。「ジェンキンズはこの道路沿いに住んでいて」カー宅と川とのあいだを走るドッドミンロードを、マーティンはあいまいに指さした。「毎夜の作業としては、その日の最後に走るバラスト運搬車に乗ってごみ処理場から見張りをしていくことだ。彼は有蓋貨車にラリー・ウィリアムズと同乗しており、貨車のフックに上着をかけている」

上着という言葉にロビンはびくっと反応した。カー氏は再度うなずいた。

「先週の火曜の夜、つまり、うむ、お子さんが行方不明になる前日のこと、貨車のなかを歩いている最中にラリー・ウィリアムズが何かの道具につまずき、転びそうになったのでとっさに上着をつかんだところ、フックがはずれて生地を裂いてしまった。ジェンキンズは腹を立てた。いつもは、ほかには上着をかけるに適当な場所はないからと、機関車の運転席にかけているのだ。ラリーは、フックを直してもらうよと言い、当座の間に合わせに自分の上着を貸した。ラリーはその晩遅くエイダと共通の友人宅で会った際、上着をつくろってくれないかと頼んだ。承知してもらえたので、上着を取りにいき、エイダに手渡した。翌日に兄が自分の上着を受け取りにくるので、妹はすぐつくろい始めた。その後、二人は打ち合わせの末、翌日の三時過ぎに列車が貨物を下ろすときを見計らって、エイダがジェンキンズの上着をやぶのなかのある木にかけておくことにした。エイダは打ち合わせどおりにした。だからベティのもとを離れたわけだ。わたしはエイダを伴ってその場所へ行ってみた。ベティが遊んでいた庭からエイダが自分の部屋へ戻り、そこからやぶへ行くまでに五分かかり、やぶから庭へ戻るのに三分かかった。つまりエイダがベティを一人にした時間は八分だった。それに加えて、兄と会っていくらか言葉も交わしたのだろう。こう考えると、我々の想定よりもずっと遠くまでベティが行ってしまってから、ミス・ウィリアムズは探し始めたに違いない」

警部の結論を聞かされて、ロビンは冷水を浴びせられたような思いを味わった。先ほどまでの鼻高々な気分は消え失せた。今の話で、自分が見た場面についてはきれいに説明がつく。つまり自分は間違っていたのだ！　エイダとラリーは犯人ではなかった！　自分の作業はすべて無駄だった。ぼくはなんてマヌケなんだ、ベティもおばさんも助けてあげられなくて。

なんとも苦々しい。ロビンはあとの話を上の空で聞いた。マーティンは最後に、お忙しい時間にうかがって恐縮ですと言った。カー夫人はエイダに対して、怒っていないことを示そうと、夕食を出すのを手伝ってと頼んだ。警察官は立ち上がり、カー氏は門まで送りに出た。

ジャックはロビンの脇腹を突つき、ささやいた。

「ついていこう、マーティンさんが親父にだけ何か話すかもしれないから」

二人がカー氏に追いついたときには、警察官は遠ざかっていた。

「ねえ、もうあれでおしまいなの、それともまだ何か謎は残ってる？」

「ふむ、いろいろ考えたんだが、我々は間違っていたんだな。エイダたちの件については警察は解決したと思っているようだ。お父さんと別れたあと、警部はラリーに会って話を聞いたそうだ。で、ちょうど最後のバラスト運搬車が通る時刻にあたるので、有蓋貨車で待っていたら、ジェンキンズが来た。そのジェンキンズの証言で裏づけが取れたらしい。ラリーと口裏を合わせたようすはなかったとさ。警部はジェンキンズの上着も見せてもらって、つくろった箇所を確認してからうちへ来たんだ。そしてエイダからも同じ話を聞いた。エイダが自分の行動を説明したところ、すべて辻褄《つじつま》があったというわけだ」

「じゃあベティは上着に包《くる》まれてなかったと警部は言ってるの？」ジャックが粘った。

「うん。おまえとロビンの行動についてはほめていた。推理も鋭かったと言っていたよ。だが結論は誤りだったとのことだ。残念だったな、ロビン」カー氏は息子の友をなぐさめた。「しかしきみの活躍はすばらしかった。期待どおりの結果は出なかったが、がっかりしないでくれよ」

ロビンはカー氏に感謝した。同時にジャックにも感謝した。失敗しやがって、などと自分のことを責めてもおかしくないのに、この親友はそんなようすをまるで見せなかったからだ。

夕食後、今までにもあったことだが、カー氏がみなに提案した。気持ちのいい夜だから、庭でコーヒーを飲もうじゃないか。そこでみなテラスに移動した。ここは道路で川と隔てられていて、まわりのどことも接していないから、誰かに盗み聞きされる心配なく話ができる。エイダがお盆を手にして家のなかへ戻ってゆくと、カー氏が妻に顔を寄せた。

「わたしがここに来ようと言ったのはね、ジュリア、きみに大事な話があるからだ。ジャックたちに聞かれてもかまわない。二人は事情を知っている。話したいことは二つだ。まず、エイダからマーティン警部が話を聞いたことの裏には、意外な事情があるんだ」ここでロビンが発見した事柄をカー氏は説明した。「わたしが見るところ、マーティンはエイダとラリーを犯人だと思っていない。だがこれはまだ完全に立証されたわけじゃない。だから当分、エイダのいる前では話の内容に気をつけないと」

カー夫人はぎょっとした。

「まさかエイダが」悲鳴にも似た驚きの声を上げてから答えた。「正直いうと、あの子のことはあまり好きでもないけれど、そこまでたちの悪い女じゃないでしょ」

「エイダを好きじゃないのはわたしも同じだ。でも、だからといって責めるわけにはいかない。

とにかく注意はしないとな。もう一つの話はもっと大事だ。あの脅迫状の件だが。ジュリア、我々の判断は間違っていたよ。やっぱり今すぐ警察に見せなきゃいけない」

「ジョン、それはやめて！　犯人が予告どおり実行したらどうするの」

「そんなことは決してないと思うが、もちろんそれはわたしの個人的な意見だから、無視したければしてもいい。だが、この話は無視できないよ。警察にすべての情報を伝えないというのは、ベティを救う最も有効な方法を採らないのと同じことだ。地元警察は世間での評価以上に優秀なんだよ。ほら、何年か前に強盗がピストルを突きつけて車を止める事件が続いたとき、警察は数カ月で解決したじゃないか」

「そうね。でもそれとこれとは別よ。わたしたちの場合、警察に話したらベティがどうなるか、犯人からはっきり言われているんだから。危ないまねはできない」

「でもやらなきゃだめだ。ね、きみ、たとえ危なく見えても、思い切って行動しないのは間違いだ。こんな悪質な犯罪は許しちゃいけない。犯人に脅されたからって、四千ポンドも渡してしまえば、ほかの家庭の親や子どもも同じ目に遭わせてくれと頼んでいるようなものだ。きみは今までそういう角度からこの事件を見ていなかっただろうが、犯人に屈するのは臆病者に任せておけばいい。我々はどこまでも抵抗すべきだ」

　ロビンにとっても、はっとするような主張だった。誘拐事件においては、当事者の家族は自分の子どもに対してばかりか、地域社会に対しても責任ある行動をすべきだというのだ。ロビンは二人のやりとりを一言も聞きもらすまいとした。さて、カー夫人はどう返事をするだろう。

とても激しく難しい議論だったが、結局カー夫人が折れた。夫人は泣きじゃくりながら、あなたたちの好きなようにしてと言った。

「じゃあさっそくマーティン警部に電話するよ」カー氏が立ち上がった。「エイダがいるから、どう話を切り出したらいいかは心得ている。採石場に通じる道の途中に、ジプシーがたむろしていた。あの連中が怪しいといおう」

戻ってきたカー氏は警部とのやりとりを話した。相手はまだ警察署にいて、すぐに出てくれた。台所のエイダに聞かれてはまずいので、カー氏はひそひそ声で語りだした。まず、ジプシーが近所にいましたと伝えて、このことと事件には何か関係があるでしょうかと言ったそうだ。

マーティンの返事はこうだった。「いいえ。我々も調べてみましたが、連中は無関係です」あっさり言われてカー氏は少し困ったが、簡単には引き下がらなかった。

「ああ、それはお世話さまです。ではもう少し詳しくお話ししたいので、恐縮ですが、おいでいただけますか」

「ですから、ジプシーが誘拐事件と無関係であることははっきりしています」マーティンは繰り返したが、カー氏はこう応じた。「ああ、なるほど。では数分後においでいただけるということで、お待ちしております。失礼いたします」電話を切った。

マーティンならきっと状況をわかってくれるとカー氏は思った。事実わかってもらえた。十分後、パトカーが再び門の前に現れた。

「こちらにおいでください」カー氏が呼びかけると、マーティンとコールズが階段を上がってきた。「ジャック、お二人の椅子を持ってきてくれないか」

ジャックはテーブルを離れた。

「こちらの意図をお察しくださって、ありがとうございました」二人の警察官が席につくとカー氏が言った。「電話を盗み聞きされていたもので」

「それはぴんときました。まだほかにもお話がありそうでしたから。ジプシーのことではなさそうですが」

「ええ。もっと重要なことです。まず始めに、今まで隠しておいた点をおわびしませんと。正直なところ、わたしどもは話すのが怖かったのです。しかしそれは間違いだと悟りました。もう隠し事はいたしません」

「それは何よりです」

「そうですね。実は今朝、脅迫状が届いたのです」カー氏は事情を説明した。ロビンのお手柄であるラジオ・タイムズの一件についても。「見張られている恐れがあるので、ここでは新聞をお見せできません。もうすぐ家に入るので、そのとき何もかもお渡しします」

マーティンはじっと耳を傾けていたが、やがて首を振った。

「もっと早くお話してほしかった」きっぱり言った。「捜査の遅れは命取りになりかねないんです。もっと時間を大切にしてください」

「まったくです。すみません」

ここでカー夫人が口を開いた。「わたしのせいなんです、警部さん。夫はお話しようとしたのに、わたしが止めたんです。怖かったもので」

マーティンは苦笑した。

「なるほど、それは誤った判断でしたね。しかし、とにかく話してくださった。我々としては慎重に事を進めます。また状況に応じて、どういう行動を取っていただきたいかをお伝えしていきます」

「わかりました」カー氏が答えた。

「今後も犯人の要求に従うふりをなさるほうがいいでしょうね。何かなさいましたか、たとえば身代金を小額紙幣で用意するとか」

「はい」カー夫人が答えた。「銀行にお金を下ろしたいと伝えました」

「けっこう。エイダもそのことを知っていますか?」

「はい。本人の目の前で電話をかけましたから」

「それはよかった」警部はカー氏の顔を見た。「ジプシーの話をお聞きして、わたしも一つひらめきました。この話題を出しさえすれば、我々はエイダの前でもふつうにお会いできますね」

「ではさっそく始めましょう。家にお入りください。新聞などをお渡しします」

カー氏はマーティンを伴って歩きだした。家のなかへ二人の姿が消えると、いかにも熱のこもったマーティンの声が流れてきた。

「ええ、あの連中のことではずいぶん苦情が来ているんです。昨日はジェイミーソンさんの畑に入り込んだらしい。また連中の幌馬車《ほろばしゃ》を調べなけりゃいかんな」

「役者だなあ、あのおじさん」ジャックが感心したように言った。「あんなに自然に芝居ができるなんて。達人だ」

「こんなやり方でいいのかしら」カー夫人がため息をもらした。

「だいじょうぶだよ、お母さん、心配ないって」ジャックが力づけた。「警察に話してよかったんだ。キューリーはどう思う？」

ロビンも強くうなずいた。

「うん、そうですよ、おばさん。ぜったいよかった」迷いなくうけあった。「世間が考える以上に警察は優秀だって、おじさんもおっしゃってました。ぼくも賛成です。警察の活動の話を本で読んだことがありますけど――ほんとにすごいんですよ」

「あなた方のいうとおりならいいけれど。まあ、くよくよしてちゃいけないわね」

「くよくよする必要なんてないよ」ジャックが例によって〝現実派〟らしくあっけらかんと答えた。「ぼくら正しいことをやったんだ」

カー氏とマーティンが戻ってきた。

カー氏が少年たちの顔を見ながら言った。

「警部がおまえたちの採った足跡の型をごらんになりたいそうだ。エイダに気づかれないように持ってこられるか？」

ジャックがうなずいた。少年たちはそっと立ち去った。作業場へ行くと、ジャックは戸棚の鍵を開け、ロビンは自分の上着の下に型をしまいこんだ。

型を見せられたマーティンは少年たちをほめちぎった。「すばらしい活躍だね。我々でもここまではやれなかっただろう。これは立派に証拠として採用できる。しかも」ロビンに向かってうなずいた。「新聞を特定してくれて、とても助かった。きみのおかげで我々の手間もずいぶんはぶけたよ」

ロビンは舞い上がってしまい、警部と一緒に家へ戻ったあとについてのカー氏の説明もろくろく耳に入らなかった。マーティンは書類かばんに新聞などをしまうと、エイダを呼んで聞いたという――きみ、火曜の午後、近所にジプシーがたむろしているところを見なかったかな。

「まったく自然な攻め方だった」カー氏が評した。「エイダが見なかったと答えても、警部は粘った。いろんなことを聞いていたよ。外を眺めていた場所は家の前か、それとも道路沿いか、とかね。あれなら誰にも本当の狙いを見破れまい」

「だから言ったでしょ、警部は演技の達人だって」ジャックが口をはさんだ。「ぜえーったいベティを見つけてくれるよ。ベティ、無事に帰ってくるさ」

「うむ、見つけてくれるだろうな」カー氏も応じた。「それから、あのチビ助についても捜査は進んでいるようだ。工具の窃盗の件だよ。ベティのことで我々の頭は一杯だが、警部はもう一つの事件でも活動しているんだ」

「あ、そうそう、警部はそっちの事件をどう見てるんですか」ロビンがたずねた。

「我々とまったく同じ調べ方をしたらしい。つまり消去法を採用したわけだ。作業場とパワーショベルの両方にいつでも近づける者は誰か。わたしはもちろん誘導などしなかったが、警部は我々と同じ結論に達したよ。ジェイク・ハートだと」

「ハートが犯人だと警部は考えてるんですか?」

「断定はしていない。ただハートには盗める機会があったこと、そして人柄に問題があることを指摘していただけだ。動機がつかめないとも警部は言っていたが、しかしハートと同じ立場にある者には、給料以外に金が入ってくるのは魅力だろう」

「この場合あまり関係ない気がするけど」ジャックが言った。

「作業場の人間としてはハートだけなんだ、グリース注入器がなくなったときにパワーショベルのそばにいたのは。まあたしかに警部は犯罪を立証できていないがね。はたしてこれからどう立証していくのか——難しいだろうな」

「どうして」

「あれから窃盗はぴたりとおさまったじゃないか。おまえやロビンに話を聞かれたあとは連中もおとなしくしている」

「だけど、ぼくらが聞いた話の内容にもとづいてチビ助を逮捕できないの?」

「警部は関係者全員を網にかけてから動きだしたいそうだ」

「そうだろうね」ジャックもうなずいた。「そのうちきっと動いてくれるよね」

「あの人は全然あきらめていないさ」

この力強い一言をもって戸外講義は終わった。へとへとに疲れている少年二人はベッドに直行し、服を脱ぎ捨てるが早いかぐっすり寝入った。

第十三章　フレンチ主任警部

翌朝ロビンは目を覚ました。ふと今日は何かいいことが起きそうな気がした。一生の思い出になるようなことが起きる記念の一日になるんじゃないかな。

ベティの姿が消えるという不可解な出来事、悲惨な事態に発展する可能性も少なくないこの問題に関わった結果として、そういう心理状態に置かれるのは、必ずしも奇妙なことではなかった。だが眠気をすっかり振り払おうとしているうち、自分の頭にあるのはベティの一件ではなく、もっと楽しい事柄なのだとロビンは悟った。ベティを救い出すための行動に一日の大半を費やす以前から楽しみにしていた事柄だ。今日、自分の大きな夢の一つがかないそうだ。スコットランド・ヤードの本物の警察官と会えるんだ！　フレンチ主任警部！　まさに思い出の一日になる！

ジャックとロビンは昼にシリル・フレンチと事務所で落ち合い、三人で出かけることにしていたのだが、ロビンはすでにわくわくしており、そのときまでとてもぼんやり待てそうになかった。

「シリルのところへ行って、今日の予定はだいじょうぶか確かめようよ」ロビンはジャックを誘った。ジャックも、そうか、つまり引き込み線を歩けるんだなと思い、すんなりうなずいた。

シリルは川向こうの堤防で働いているはずだ。朝食後、少年たちは小舟で川を渡った。今日も暖かく気持ちのよい日になりそうだ。左の土手の沼地に似た低い地面は乾いて硬かった。土手づたいに未来の線路を敷く際の拠点となる五つの大きな桟橋を二人は通り過ぎ、新たに築かれてずっと先まで広がる堤防へと登っていった。

堤防は橋台のある地点まで完成しており、今は作業員が斜面をきれいに刈り込んでいる。少年たちが頂上まで来てみると、二人の男が働いていた。一人は赤と黒と白の縞模様《しまもよう》に塗った長さ一メートル半ほどの棒を持っている。ジャックは男たちを指さして言った。

「シリルはこの近くにいるよ。あの二人、シリルの部下なんだ」

土手をさらに進むと、めざす相手が見えた。三脚に載った複雑そうな器具のかたわらに立っている。

「よう」少年たちの姿を目に留めたシリルは声をかけた。「出発の準備はできてるか?」

「だいじょうぶ。十二時だよね」

「ああ。まだ十時だから、きみらが遅刻する心配はなし、と」

「キューリーがここへ来ようって言ったんだ」ジャックが〝バラした〟。「置いてきぼりにされたらどうしようって、もううるさくて」

ここは話題を変えなきゃと、ロビンはあわてて三脚を指さした。

「それで何をするんですか、シリルさん」

シリルもジャックと同じく、部外者に自分を知識を披露《ひろう》するのが好きだった。堤防のほうを向いて一帯を指さした。

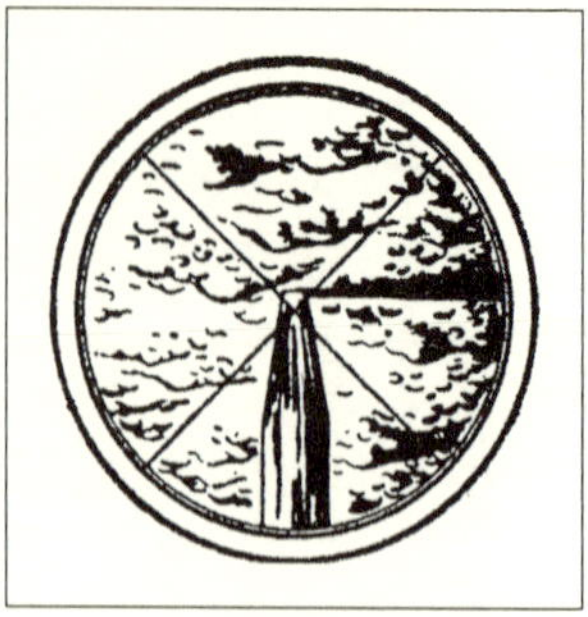

「このカーブを造り直すのさ」わざとらしいほど熱心に説明しだした。「作業が始まる前には、地面に打った杭で中央線の位置ははっきりわかってたんだが、土を埋めたせいで位置が隠れてしまった。だから土手のてっぺんに打ってある杭の位置を変えてるんだ。中央線がはっきりすれば、おれの部下も斜面の刈り込みや石張り（小石を敷くこと）がやりやすくなるからね。線路を敷く作業だってそうだ」

ジャックはたちまち興味を示した。

「これ、見ていいですか」三脚に歩み寄ってたずねた。

「ああ、いいよ。でもセオドライト（天体観測や測量に用いられる経緯儀）には触らないでくれよ。そっと触れただけでも狂う恐れがある」

もくねじや扇形歯車や目盛りがごちゃごちゃあるなかを望遠鏡が通っている。少年たちは順番にのぞいてみた。最初は何を見ているのか、ロビンは自分でもわからなかったが、やがてはっと気づいた。像が逆さまになっているのだ。細い線がXのかたちに走っており、その交差点に作業員の持っている棒の先が当たっていた。

「ほら」シリルがまた説明を始めた。「この望遠鏡、上下左右に振れるだろ。それからこの目盛りに合わせて角度を調節できる。望遠鏡の高さを上げるときは三脚を延ばすわけだ。で、マックスウェルに合図して、自分の持ってる棒を針金が交わる点まで動かしてもらう。そこに杭を打ち込むわけだ」

ロビンにはほかに興味の対象があったのだが、今の話もおもしろかった。この器具は精巧そのもののようだ。百五十メートルは離れている約六ミリの的をくっきりと捉えている。

「だけど望遠鏡をどっちの方角に向けたらいいか、どうやって決めるんですか」ロビンがたずねた。

「ああ」シリルは苦笑いした。「そいつはなかなか苦労する。計算しなくちゃいけない。それぞれの半径にはそれぞれの角度があるだろ。おれはまずまっすぐ前を見て、それから見つけた角度に望遠鏡を動かす。すると三十メートル先のカーブに焦点が合うんだ。ほかの地点に合わせるときもやり方は変わらない。あまりよくわかってもらえないかもしれないが、きっちり説明するには時間がかかる」

シリルが望遠鏡を覗きながら杭を設定してゆくさまを少年たちは見つめた。棒を持った作業員は次第に遠ざかってゆき、ぼんやりと見えるのみになった。

「ここからはセオドライトを動かさないと続けられない」シリルが言った。「いちばん遠くの杭の位置まで持ってかないと。でも今日は無理だな。操車場に戻ってくるころには十二時近くになっちまう」

三人で作業を見守っているあいだ、ロビンは別なことをあれこれ考えていた。こういう鉄道の仕事もなかなかおもしろいが、前日の探偵としての活動に比べたら無味乾燥だ。まるで砂漠の砂嵐だ。だからたしかに、シリルが望遠鏡を動かし、マックスウェルや相棒が金属テープで三十メートルごとに印をつけてゆき、杭を立てて打ち込むようすを目では見ていたが、意識の九割はベ

ティの居場所や運命に向いていた。

自分が立てた仮説をマーティン警部はなんとすばやく、なんとまじめに検討してくれたことかとロビンは思った。結局どんなふうに判断されても自分としては文句はいえない。それにあの守衛の上着に関する説明で、辻褄がすべて合う気もするし。

だが、待てよ。ほんとにあの説明は正しかったのか？　あれで事実は明らかになったのか？　ゆうべはロビンも納得していた。しかし一晩置いてみると、そうもいえなくなった。どうもマーティンの自信たっぷりな口調に影響されていただけではないか？

ロビンはシリルの指示やジャックの反応の声――「曲線と直線が接してる地点に打ち込め」、「障害物に気をつけて」、「交差点がわかりづらいところ」――をぼんやり聞きながら、別なことを考えていた。ラリーの話では決して明らかにならない問題がある。柵の留め金が壊れていた一件だ。もちろんあれはジャックの言葉どおり偶然の出来事だったかもしれない。だがそうだとしても妙な偶然ではないか、壊れた留め金はたった二つなのに、その二つのせいで針金がはじけてしまい、そこに大きな穴まで開いたのだから。またほかに見逃せないのが、カー夫人が自宅を空けたあとにベティがさらわれたことと、ラリーが上着をそうっと扱っていたことだ。以上の三点にはきっと関連があるはずだ。

こんなふうにロビンは思い巡らしたが、なかなかうまい答えを得られず、気持ちが沈みそうになった。が、そのとき、新たな疑問がふと湧いて、一筋の光が差してきた気がした。

ラリーが貨車のなかで道具につまずいたというのは本当かな？

そんな演技をするのは簡単じゃないか。あの男が上着をつかんで、自分の体重をかければ、フックなどあっさりはずれそうだ。すべてはマーティンに納得してもらう説明をするために仕組まれたことかもしれない。

この点はカー氏に伝えなくてはならない。とはいえそれだけでは説得力が弱い。自分でもっと深く調べられないか。何か新たな事実をつかめれば解決に近づくかもしれない。

ここまで気持ちを整理したとき、名案がひらめいた。そうだ、フレンチ主任警部にすべてを説明して、意見を求めればいいじゃないか。

だけど、ぼくには話を切り出す勇気があるだろうかと、ロビンは不安になった。いや、だめかもしれない。主任警部は耳を傾けてくれるだろうか。自分には関係のない問題に興味を示してくれるだろうか。しかも地元警察が扱っている事件について、ただの少年が語っても気を悪くしないだろうか。

それに、自分一人で事を決めるわけにはゆくまい。まずジャックに相談しなければならないが、はたして賛成してくれるかどうか。またシリル・フレンチにも詳しく話をしなければならない。シリルは決して口の軽い人ではないだろうが、しかし事件のことは部外者にもらすなというマーティン警部の指示にそむくことになる。

ジャックと二人で川を渡って操車場まで歩くあいだも、ロビンは大いに困った。だが車で出発するための身支度を整えながら、さりげなく自分の計画を話してみた。

ほっとしたことにジャックも乗り気になってくれた。

「べつに警察の捜査のじゃまにはならないさ」ジャックはきっぱり言った。「それに、有名な警察官が素人の説明を黙って聞いてる場面を想像すると、けっこうおもしろいな」

十分後、シリルが運転する小型フォードの助手席にロビンは乗った。後部座席のジャックが身を乗り出して言った。

「シリル、内緒の話があるんだ。ぜったい誰にも言わないでね。ベティのことなんだけど」

シリルはすぐに興味を示し、誰にも言わないと約束した。するとロビンが自分の計画について説明を始め、こう結んだ。

「フレンチ主任警部さんは相談に乗ってくれますかね。そうなったらすごいでしょ。きっと謎を解いてくれると思うんだけど」

「そりゃあ乗ってくれるさ」少し相手を軽んじるようにシリルは答えた。「事件の話を聞かされたら、そうするよりほかにないだろ。なんたってジョー伯父さんは立派な人だから、きみらの頼みを断るなんて失礼なまねはしないさ。だがいいか、いったんあの人が動きだしたら、もう誰にも止められない。みんな質問攻めにされて、気がついたらバカみたいにベラベラしゃべらされてるって目に遭うんだぞ」

心がすうっと軽くなるのをロビンは感じた。シリルの大げさな言葉どおりにスコットランド・ヤードの警部のことを考える人など、まあいるわけもあるまいが、いちおう忠告として聞いておこう。最悪でも単に協力を断られるだけのことだ。うまくいけば事件解決の手がかりを教えてもらえるかもしれない。

三人は和気藹々《わきあいあい》とプリマスまで車を走らせた。キングズアームズ・ホテルまでの道もわかった。ラウンジに入ると、お目当ての人物が三人を待ち受けていた。今までロビンが何度も本で読んだ描写そのままの男性だった。背は平均よりいくぶん低く、恰幅がよいわけでもないが人に安心感を与える外見をしている。きれいにひげをそった顔に青い目が輝いている。ロビンにとって意外だったのは、その表情が柔和なこと、また物腰には人に突っかかったり気取ったりするところがまるでないことだった。最初に男性の口から発せられたのは、三人の訪問者の気持ちを楽にするような言葉だった。

「やあ、シリル」穏やかで聞きやすい声だった。「うまく敵をまいてきたんだね。けっこう。で、こちらのお二人はご友人かな。はじめまして。こういう古い中庭つき宿《キャラバンサライ》ではどんな昼食が出てくるのか知らないが、とにかく食堂に行ってみようか」

「いいですねえ！」シリルが口を開いた。「でも伯父さん、賓客《ひんきゃく》お二方に対する初対面の挨拶を、そんな気軽なもので終わらせてはいけませんよ。目の前におられるのは、ジャック・カー氏で、鉄道の建設、操業、保全に関わる諸問題においては並ぶ者なき権威です。それからこちらはロビン・ブランド氏。シャーロック・ホームズの流れを汲む当代最高のアマチュア探偵です」

「ほう、ほう」フレンチも調子を合わせた。「ちっとも存じませんでした。これはまいったなあ！どうも失礼。ですがそんなお二人にお会いできて光栄です。ウィットネス駅の拡張問題（『死の鉄路』参照）にたずさわってから、わたしも大の鉄道マニアになりましてね。それに実のところ、犯罪捜査にもひそかに興味を抱いている次第です」

「あ、その話なら本で読みました」ジャックが声を上げた。「レッドチャーチ＝ウィットネス間の複線化工事のさなかに起きた事件ですね。たしか第四栈橋の骨材に関して問題が起きたんだ。おもしろかったなあ！」

「しかし、殺された二人に対してはそれほど興味をそそられなかったのかな」

「いいえ、そんなことない」ジャックが答えた。「あの部分もおもしろかった。だけどいちばんよかったのは工事計画を進めるやり方です。あれはほんとにすごかった！」

「たしかに巧みな構想だった」

「きみも読んだんだろ、キューリー」

「もちろん読んださ」ロビンはむっとした。「ぼくを何者だと思ってるんだ」そう言いながらフレンチの顔を見すえた。「活字になった主任警部さんの事件で、読んでないものはないはずです」

「それは嬉しいな、ほんとに」

「犯罪捜査といえば」シリルが口をはさんだ。「今ぼくらのあいだで大きな問題が起きててね。ロビンがずっと取り組んでる。ジャックの幼い義理の妹が誘拐されたんだ。ロビンはぜひフレンチ主任警部に自分の活動ぶりを報告して、ちょっとしたおほめの言葉と助言をたまわりたいとのことですよ。そうすれば地元警察も真剣に動いてくれるからと」

「ウソですよ、そんなの」ロビンがあわてて言った。顔が赤くなっているのが自分でもわかる。「でも、この事件の話はほんとに聞いていただきたいんです。ぼくらは今後どうすればいいか教えていただけるかもしれないから」

「それはどうかな」フレンチは苦笑した。「しかしともかく聞かせてほしい。まずは昼食をすませようか。そのあとなら注意を集中できるから」

よし、うまくいった！　シリルのおかげで最大の壁は乗り越えられた！　ああ、ほっとした！　フレンチは不吉なことを言っていたが、昼食の味はすばらしかった。ロビンは会話も十分に楽しんだ。フレンチはダートムア行きの件についてみなに語った。

「押し込み強盗で懲役七年の刑に服している男に会いにいったんだ。仮にジョンとしておこう。我々はジョンの仲間の一人も捕まえた。こっちはサミーと呼ぼう。サミーの供述は予想どおりだった。つまり自分の犯罪とされていることはすべてジョンの仕業だというのだ。そこでわたしはジョンの反応を確かめようと思ったわけだ」

「伯父さんの策略はうまくいったの」シリルがたずねた。

「見事なほどにな。幸いにもジョンは怒り狂い、親友のはずのサミーについてこちらの予想以上にいろいろなことを話してくれたよ。犯罪を立証するための情報もな」

「二人は共謀してたんですか？」ロビンが口をはさんだ。

「うむ。サミーはピアノの調律師でね。手口としては、めぼしい家を見つけると、そこの持ち主が外出するのを待って、ピアノの調律をしにきたという口実で訪れる。するとたいてい家のなかに通されるから、実際に調律をおこなう。腕は確かなんだそうだ」

「でもどうしてそんなことをするんですか」今度はジャックがたずねた。

「ふむ、サミーはいつも裏口から入り、なるべく正面から出ていく。そうやってドアや窓の位置を覚え、家の間取りをつかむんだね。あとからジョンが仕事をする際、その知識が役立つわけだ」

「うまい！」思わずジャックが叫んだ。

「妙なことに」フレンチが話を続けた。「たいていの世帯では、玄関や正面の窓には不法侵入予防の措置を――よほど頭のおかしいやつでも押し入ろうという気にならないほど厳重に――施しているのに、裏口に対しては無頓着でね。食器洗い場の窓を見ると、強盗犯はしめたと思うものだ」

「鍵をかけていないからですか？」

「必ずしもそうではない。なるほど鍵をかけてあるほうが望ましいことは確かだ。だが鍵がかかってある場合、ふつう侵入犯はばんそうこうをガラスの掛け金あたりに貼り、ダイアモンドを使ってガラスを小さく円形に切るんだ。で、ばんそうこうを引っ張れば簡単に取れる。それから手を差し込んで掛け金をはずすわけだな」

「ガラスを切れば音がしませんか？」

「するね。だが割った場合の音よりはずっと小さい。しかもたいてい食器洗い場は寝室から遠いし」

「犯人としても緊張を強いられる手口ですね」

「彼らは冷静なんだ。でなければとてもできない。きみたち、こういう泥棒の話を聞いたことがあるかな。裁判官がみな席についている法廷に入って、裁判長に一礼してから、修理のためと称して高価な時計を持ち去ったという男だ。もちろんその後の足取りはつかめていない」

「うわあ……。あの、そんなことがほんとに起きたんですか？」

「うむ、起きた。厳然たる事実だ」

「刑務所って恐ろしいところですか、フレンチさん」会話が途切れたときを捉えてジャックがたずねた。

主任警部の顔がぐっと引き締まった。

「うむ、たしかにあまり愉快な場所ではない。だが数年前とはようすも一変したよ。以前の刑務所は収容者につらく当たるところだった。自分たちの行為を償わせようということでね。今は更生の機会を与える場となった。だから環境はつねに改善されている」

「看守はどんな人たちですか」

「全体としてはとても気のよい職員だね。それに規則の範囲内で収容者にはていねいに接している」

四人の話はまだまだ続いた。ロビンにとって何より嬉しかったのは、フレンチから石膏で足跡の型を採る場合の秘訣を授《さず》けてもらえたことだ。終始フレンチはあたかも先輩の警察官のように接してくれた。

二階に上がると、ホウ一帯のすばらしい景色を見下ろせるバルコニーがあった。プリマス湾も、その前方にある防波堤も、マウント・エッジカムも、左右に広がるデヴォンの海岸も、はっきり見える。部屋のすみには椅子が四脚あった。コーヒーが運んでこられると、フレンチがロビンに顔を向けた。

「さて、誘拐事件について考えてみようか。ぜひきみの説明を聞きたいな。みんなにとってなんとも忌《い》まわしい事件に違いない。とくに」フレンチはジャックの顔を見た。「きみのご両親にとってはね」

「はい。でも犯人の手紙が届いてから母は少し元気になりました。ベティが生きていることはわかったから。ではロビンから話してもらいます」

お、ジャックはぼくに主役の座を譲ってくれるのか。先頭に立って行動するのが大好きなやつなのに。ロビンは嬉しいながらも意外に思った。だが今は細かいことを考えている場合ではない。事訪れた機会をなんとか生かさなければ。事情をうまく説明することにロビンは全力を傾けた。事実を一つももらさず、なおかつきちんと順序立てて簡潔に語らなくては。

とてつもなく高い飛び込み台から水面に向けて真っ逆さまに落ちてゆく心境で、ロビンは話し始めた。

第十四章　専門家の意見

説明を続けながら、ロビンは心から満足していた。フレンチ氏は嬉しくなるほど熱心に耳を傾けてくれた。質問の数はさほど多くなかったが、そのどれもが的を射ており、実に鋭かった。ジャックはほとんど口を開かず、たまに補足する程度だった。一方シリルは口をぽかんと開け、夢を見ているような表情で聞き入っていた。

長い話が終わると、主任警部は座ったまましばらくパイプを吸っていた。問題点を頭のなかで整理しているらしい。

「実に明快な説明だった」ようやく論評した。「様々な事実を挙げてもらえたので、こちらから聞くことはほとんどないな。綿密な調査の仕方や誠意ある協力ぶりもすばらしい」ここでジャックの顔を見た。「きみたち両方ともにね」

「だから言ったでしょ、こいつらは二人で一人前なんだって」シリルがにやりと笑った。だがその言葉に悪意はこもっていなかった。

ロビンは頭がくらくらした。ここへ来る前に、自分がスコットランド・ヤードの主任警部と顔を合わせている場面、いや、それればかりか犯罪について言葉を交わしている場面をときおり思い浮かべてはいたが、まさか自分の探偵としての活動——実際に起きた犯罪の捜査だ——に関して、ご本人からおほめにあずかろうとは。まったく想像もしていなかった！

甥の軽口にフレンチはにこりともしなかった。

「そういう言い方はよくないいな」むっとしたようだ。「これは深刻な問題だぞ。これほどひどいことをしでかす連中なら、さらに暴走する恐れは十分ある」

「ベティの命が危ないということですか」ロビンがたずねた。

フレンチは口ごもった。

「率直なところ、その可能性はないとはいえないね」

「お金を払っても？」ロビンはさらにたずねた。

「払っても払わなくてもさほど変わらないかもしれない。誘拐犯というのは卑怯者なんだ。取り引きをしたって、都合が悪くなれば自分の言葉なんか平気で忘れる」

「エイダもラリーも、好きでベティを傷つけるわけありませんよ」ジャックが口をはさんだ。

「たぶんね。しかし安心はできない。いいかね、こういう連中——ロビンの察するとおり、犯人は複数に違いない——が重視することは二つあるんだ。一つは金、もう一つは自分たちの安全だ。ベティのことはあまり気にかけていないんだよ」

ロビンは目を伏せた。

「だからって」うろたえたようにたずねた。「まさか——殺したりはしませんよね」

「うむ、だろうね。ぎりぎりまでそれは避けるはずだ。だが、そうしないと自分たちの安全が守れないと思えば、躊躇《ちゅうちょ》しないかもしれない」

「だけど、ベティがあいつらを危険な目に遭わすわけない」ジャックが言った。

「いや、ベティに顔を見られているとすれば、自分たちのことを警察にしゃべられる恐れがある。犯人がそう思えば無事に返そうとはしないだろう」

「ああ」ロビンが悲しげな声を上げた。「マーティン警部はちゃんとわかってくれてるかなあ」

「もちろんだ」フレンチはきっぱり答えた。「そのうちわかるよ。警部は深いところまで考えているはずだ。ただおそらく口には出さないだろう。わたしだって自分の扱う事件では同じだからね」

「警部はエイダとラリーを犯人とは思ってないんです」ジャックが口をとがらせた。

「それはわからないな。警部は誰にも胸の内を明かさないだろうから」

「あの、ジャックとも話してるんですが」ロビンが言葉を継いだ。「何かぼくらにやれることはないでしょうか。主任警部さんから助言をいただければ……」

フレンチはしばらくパイプをくゆらせてから答えた。

「一つ二つ、お互いに確認しておこうか。まず、ラリーが上着を有蓋貨車まで持っていった点だ。よく考えてほしい。きみたち以外にラリーの姿を見た可能性のある者はいるかな」

「無蓋貨車から荷を降ろしていた人たちには見えなかったはずです」ロビンが慎重に答えた。

「どうだろうね、ジャック」

「ああ」ジャックもうなずいた。「あの人たちは斜面の反対側にいたし、線路は曲がってるから。

ラリーが注意深いやつなら、有蓋貨車の陰に隠れて、まわりからは見えないようにしたはずです」

「で、実際に注意深い男なのかな」

少年たちは、どちらとも言えないけれど、そんな感じがしますと答えた。

「ほかに誰かいたかな」

「はい」ジャックが答えた。「建設作業をする人たちが構脚を造ってました。でもみんな、端っこにある橋台のそばにいましたけど」

「ラリーが斜面を登った地点からはどれぐらい離れている？」

「九十メートルぐらいかな。どうだろうね、シリル」

「そんなものだろう」

「ほう。とすると、建設作業員たちにはラリーの姿はよく見えていたかもしれないね」

「はい。目を向けていれば。でも仕事で忙しかったはずです」

「はたしてラリーはベティを貨車に運び込むような危ないまねをしたのかどうか」

「したと思います」ロビンが言った。「上着に包《くる》んでいれば誰にもわかりっこないから。ね、ジャック」

ジャックもうなずいた。周囲の地形に詳しいシリルも賛成した。

「なるほど」フレンチが言った。「そこが大事な一点だ。では次に移ろう。切通しでの列車の線路切り替え作業について解説してほしい」

この分野ではシリルとジャックが適任者だ。シリルは図を描きながら列車の動きをいちいち説明した。すべて聞き終わるとフレンチはうなずいた。

「わたしが飲み込めたかどうか確かめてみよう。空《から》の貨車が到着すると、列車が二列に並ぶことになる。機関車は空の貨車から切り離され、もう一方の線路に入って貨物を積んだ列車に連結される。で、そのあいだにラリーが一方の有蓋貨車から他方の有蓋貨車へ移動するわけだね」

「そうです」

「この作業の所要時間はわかるかな。一方の列車が着いてから他方の列車が走りだすまでの時間だが」

「いくらもかからないよ」シリルが言った。「引き込み線での仕事としてはかなり急いでやる部類に入るから。遅れればパワーショベルも止めなけりゃならない。切り替え作業をしているあいだは空車に土を積み込めないんです。パワーショベルはなくてはならない存在で、まあ基幹産業みたいなものだ。実際、作業員の食事時間と夜間を除けばつねに動いてる」

「機関車の線路切り替えが作業の中心のようだね」

「そのとおり」

「どれぐらいかかる？　何分何秒かな」

シリルとジャックは切り替え作業を〝実演〟してみせた。機関車と貨車との接続から分離までの動きをからだで示し、前進および後退をする際に機関車が出すのとそっくりの音も出した。そうして二人は一分半という結論を出した。

「よろしい」フレンチが言った。「じゃ、ラリーの行動についても時間を計算してくれないか」

「だけどその時間は短いよ。計算するまでもない」

「とにかくやってくれ」

「はい。列車が停まると、ラリーはブレーキを回してきつく締める。それから緑の旗を拾い上げてもう一方の有蓋貨車に移る。機関車の線路切り替えが終わると、すぐブレーキをゆるめてレイクに旗を振る」

「時間はどれぐらい？」

またここでシリルとジャックが演技を始めた。貨車と貨車とのあいだの距離も歩いて測った。

「ほぼ一分。急げばもっと早い」

「よし」フレンチが言った。「もう一点、確かめたい。それで終わりだ。ラリーが柵を通ってベティを車内に入れた場合、要した時間はどれぐらいだろう。貨車が停まっていた地点から壊れた留め金までの距離は？」

「ええと」ジャックが言った。「三十五メートルぐらいです。キューリー、どう思う？」

もう十メートル近くあるとロビンは答えた。

「つまり四十メートル前後だね」フレンチがまとめた。「ラリーの行動はこういうことか。ブレーキを回し、旗を外に放る。元の貨車に戻るときにすばやく旗を拾い、ベティを抱えて有蓋貨車の通路の端へ行き、誰にも見られていないことを確かめて反対側に飛び降りる。それからベティを抱えたまま三十五ないし四十五メートル走り、針金をはずし、ベティを柵のなかに入れ、貨車まで戻りながら旗を拾い上げ、もう一方の有蓋貨車に乗った。どうかな」

「そのとおりです」ジャックが言った。

「所要時間はどれぐらいだろう」

聞かれた側は頭をひねった。が、結局、万全を期すには最低でも二分はかかるということで意見が一致した。

「そこが知りたかった点なんだ」フレンチが言った。「きみたちの計算が正しければ解決に近づけるぞ。当日の午後の運行で、三十秒ほど発車が遅れたときがあったはずだ。違うかな」

ロビンが目を丸くして声を上げた。

「すごい」

「機関士が気づかなければ、そのまま忘れられてしまうところだ。ラリーが犯人かどうかはともかく、もしそうした遅れがあったなら、きみの推理が正しい可能性は高い」

「ぼくら、レイクさんに聞いてみます。ね、ジャック」

「うん。レイクさんなら気づいてるだろう」

「ラリーは上着からベティを出したあと、その上着を戻したのかな。それともベティをそのままにしておいて、次の運行のときに上着を拾ったんでしょうか」ロビンがたずねた。

「いいところに目をつけたね」フレンチが応じた。「上着からベティを出したなら、二分以上かかったことはほぼ確実だ。列車はもっと長く停まっただろう。一方、上着を置いて立ち去り、あとで取りに戻ったなら、二回の運行で遅れが出たかもしれない」

ロビンはじっと考え込んでいたが、おもむろに口を開いた。

「一度か二度、遅れが出てたとしたら、ぼくらは何をしたらいいでしょうか」

「マーティン警部に伝えたらどうかな」

ロビンは納得しなかった。「マーティンさんは真剣に聞いてくれないかもしれません。ラリーは無実だと考えてるようだから。いっそのこと――あ、もっと証拠を集めてから動いたほうがいいでしょうか」

「たしかに」フレンチはにこりと笑った。「それから、ベティがごみ処理場からどこへ運ばれたかを探らなくてはならない。車が待機していたのか。追跡する必要があるね。どこかへ続いている足跡があるのか。近くには誰が住んでいるのか。ボートを浮かべることができそうな川に通じる道はあるか。こういう疑問を解決しなければ」

行動を起こす機会到来かとジャックは胸を高鳴らせた。

「やりますよ、ぼくたち」思わず叫んだ。「な、キューリー」

「ぼくら、もういろいろ調べたじゃないか」ロビンはジャックに言い返してから、フレンチに顔を向けた。「でもまたやってみます」

「もう一つ別の問題がある」フレンチが話を続けた。「ただし、この点については、警察でなければ調べがつかないかもしれないが。脅迫状の件だ」

「ああ、そうですね」ロビンが応じた。新たな興味が泉のように湧いてきた。「何かぼくたちにできることがありますか」

「ん、きみたちに？　どうだろう、こういう点については考えたかな。まず、脅迫状は作成するまでにかなり時間がかかるものなんだ。おそらく相手は行動に出る前に、そのつもりで用意していたのだろう。だが投函したのはベティを誘拐したあとのはずだ。失敗する可能性もあるから。届いたのは三時半ごろだね？」

「はい、だいたい」

「ならばライマスの第一便で届くように前日エクスハンプトンで投函されたわけだ。それがぎりぎり可能な時刻はいつかな」

「ぼくたちもその点を話し合ったんです」ロビンが答えた。「結局わかりませんでした」

「エクスハンプトンの郵便局に問い合わせればわかるよ。電話してごらん。仮に十時だとしてみよう。とすると、水曜日の午後三時半から十時のあいだに向こうへ行った者がいることになる。誰かな」

「どうやればそれを特定できますか」

「警察が調べなければ無理だろうね。鉄道の改札係やバスの車掌、エクスハンプトンの駐車場の従業員、巡回する警察官などから聞き取りをするんだ。もちろん容疑者から始めなければなるまい。もし容疑者が行った事実が明らかになれば、行った理由をたずねればいい」

「ぼくたちには無理だよね、ジャック」ロビンが残念そうに言った。

ジャックはうなずいた。

「それから、マーティン警部が指紋から手がかりをつかむかもしれない」フレンチが話を続けた。「犯人も便箋は慎重に扱っただろうが、封筒は違うかもしれない」

「結局ぼくら、大した調べをしなかったんだな」ロビンが言った。

「だからね、警察にしかできない捜査がいろいろあるんだよ」フレンチはやさしく答え、腕時計にちらりと視線を落としてから、ジャックとロビンの顔を交互に見た。「さて、わたしが乗る列車の発車時刻が迫ってきた。だが二人に一つ言っておきたい。いいかな、これは真剣な話だ。何か重要な事実をつかんだにせよ、決して自分たちだけで処理しようとしてはいけない。二通りの意味で危険なんだ。第一に、事実をつかんだために今度は自分が襲われるかもしれない。第二に、もしそうなったら、せっかくのお手柄が無駄になり、ベティも救い出せなくなるだろう。とにかくマーティン警部にあとは任せるんだ。これをぜひとも約束してほしい」

少年たちは感激した顔で、わかりましたと答えた。フレンチは立ち上がって勘定を払いにいった。ほどなく四人は小型フォードに乗り込んだ。シリルがノース・ロード駅に向けて車を走らせた。フレンチはこの駅からパディントン行きの急行に乗る。

「とても楽しい時間を過ごせました」プラットホームでロビンがフレンチに言った。「それにぼくたちの話を聞いてくださって、本当にありがとうございました。だけど、もうお別れしなくてはいけないなんて。もっとお聞きしたいことがあるのに」

「どんなことかな」フレンチはにっこりほほえんだ。

「たとえばスコットランド・ヤードのなかのようすとか。本に書いてある説明は正しいのかどうか」

「本にもよるだろうね。だったらきみ、自分の目で確かめたらいい。ロンドンに来る予定はあるかな」

ロビンの血圧が一気に上がった。

「え！」ロビンは息を呑んだ。「いいんですか⁉　ぼくたち、学校へ戻る途中にロンドンを通るんです。当日の朝早い列車か前日の夜の列車に乗れば行けるよね、モック」

「うん。予定はすぐに立つよ。お父さんの従兄——エマーソンさんていうんだけど——の家に泊めてもらえばいい」

「じゃ、ぼくたち翌朝にうかがえそうです。いかがでしょうか」

「時間はそれほどかからないよ」フレンチはまたほほえんだ。「それでもおもしろいところはすべて見られるはずだ。わたしが付き添ってあげられない場合は、誰かに代わりを頼むから」

自分がヤードのなかを歩いている場面を想像すると、ロビンはむしろ怖いような気になった。訪れる日時が決まった。早くも胸がどきどきしている。休みの終わりまで待てるだろうか。ロビンがまた口を開きかけたところへ、堂々たる外観の列車がホームに入ってきた。少年たちがわざとぐずぐず別れの挨拶をしたり、互いにじゃれ合ったりしているうちに、停まっていた列車はゆっくり動きだした。新たにロビンの友になってくれた人の青い目や感じのよい笑みが遠ざかっていった。

今日は記念すべき一日になったなと思いながら、ロビンは視界から消えてゆく列車に手を振り続けた。

第十五章　重複する証拠

「おい、キューリー」三人が駅の外に出たところでシリルが言った。「ほめてもらえてよかったな。フレンチ主任警部はずいぶん感心してたぞ」

「立派な紳士ですねえ、主任警部は」ロビンは声をはずませた。「ほんとにすばらしい方だ、自分の問題みたいに事件のことを考えてくださって。それにぼくらをヤードへ招いてくださったんですよ」

「きみの話を聞いて捜査官の本能を刺激されたんだな。とにかく、あの伯父さんは想像力のかたまりで、機関銃みたいに質問を連発する人なんだ」

「びっくりしましたよ、あそこまで真剣に助言してくださるなんてね」

「だけど、おれたちにできることはあんまりないよ」ジャックが口をはさんだ。「脅迫状にも手を出せないし。解決してない問題は、あれぐらいしか残ってないのに」

「ううん、まだほかにも三つある」ロビンが言い返した。「まず、当日の午後に発車の遅れがあったかどうか。次に――」

「難しいな」浮かない表情でジャックが応じた。「それ、どうやって調べたらいいんだ」

「レイクさんに聞けばいいよ。きみならできる」

「おれたちがラリーを追い詰めようとしてると思ったら、レイクさんは何もしゃべってくれないだろうな」

「もちろんそう思わせちゃいけない。だから――」ロビンは頭にひらめいた考えをジャックに伝えた。

ジャックはそれでも乗り気でなさそうだったが、ロビンに説得されてやることにした。

「ほかの二つの問題は?」

「ごみ処理場のまわりの足跡と近くに住んでいる人を調べることさ」

「足跡はもう調べたし、近くには誰も住んでないぞ。あそこから川に通じる道もないし」

ロビンは返事をしなかった。残念ながらジャックのいうとおりだ。地面についたばかりのときに見つけられなかった足跡を、今から見つけようとしても無理に決まっている。

「誰が近くに住んでるか調べるのも、あまり意味はなさそうだし」ジャックが言葉を継いだ。

「だいいち、ほんとに調べられるかな。一軒や二軒なら住んでる人の名前もわかるだろうけど、地域全体に聞いて回るわけにはいかないよ。死ぬほどがんばっても無理だ」

残念だけど、常識で考えるとそうだよなあ。ロビンもジャックに影響されて、かなり気持ちが落ち込んだ。ずっと待ち望んでいた大物との出会いを果たせたのに、あまり解決の役には立ちそうもない。フレンチ主任警部は紳士にふさわしい態度で接してくれたが、発言の内容は要するに、ここはきみたちの出る幕ではない、警察に任せておきなさいということだった。もちろんそれはそのとおりだ。警察は単なる人の集まりではない。犯罪捜査の経験も積んでいるし、何より権限を持っている。いざとなればその権限を英国全土に行使できる。

こう考えてロビンが落ち込んでいると、シリルが口を開いた。

「おい、きみら、一つ思い出したぞ。引き込み線の近くに誰が住んでるか、わかるかもしれない。事務所に名簿があるんだ」

少年たちは「え！」と驚き、目を輝かせた。

「実は」シリルが説明を始めた。「工事を計画してたときに会社が全員の名前を記録したのさ。おれたちの仕事では住民に対する補償は重要な案件でね。会社としてはなるべく被害の出ないような場所に線路を敷かなけりゃならないわけだが、とにかくあの辺一帯の人たちの名前と住所を記録しておいたんだ。で、作業が始まったときに、何か問題が生じた場合に備えて、おれは写しを一通送ってもらっておいた」

「うわ、すごい！」ロビンが叫んだ。ゆううつな気分は吹っ飛んだ。「その写しはいつ見られるんですか」

「午後はずっと仕事でね。きみら夕食後に事務所へ来ないか？　おれはだいじょうぶだが」

「やった！　行こうよ、ジャック」

「うん」ジャックもうなずいた。「じゃあ、これからレイクさんの機関車に乗って、発車が遅れた件を調べてみようか。シリル、もっとスピード出してよ。この車は古いけど、あと二十キロぐらい上げても平気だから」

シリルはアクセルを踏んだ。いきなり道路が向かいから迫ってきて、生け垣はぼんやり揺れる物体となった。車が丘のてっぺんまで上り、そこからライマスへと険しい坂を下ってゆくと、ほどなく大きな桟橋の列が視野に入ってきた。

ライマス駅でシリルと別れた少年たちは引き込み線づたいに歩き、パワーショベルのある地点に着いた。ちょうどごみ処理場から出た空の列車が近づいてきた。二人が斜面を下りてゆくと列車は停まった。

「早く乗ろう」ジャックが大きな声で言った。「すぐ出ちゃうぞ」

ロビンが踏み段に飛び乗って車内に入ると、機関車が切り離されるときのガチャガチャいう音と、火夫の「完了！」という声が聞こえた。ジャックが近寄ると機関車は進みだし、数秒後にポイントを通り過ぎた。ポイントのスイッチが入った。機関車が完全に停止しないうちにレイクがハンドルの向きを変えると、機関車は後退しだした。強い揺れが何度か起きた。緩衝器《かんしょうき》が無蓋貨車の緩衝器とちょうど触れる位置に機関車はゆっくり停まった。連結用の鎖がガチャガチャ音を立てた。有蓋貨車から緑の旗が振られた。一連の操作が終わった。ただちにレイクが燃料調節器を開けた。空白の時間はほとんどない。

「ぼく、いつもみんなに言うんですよ、今のが引き込み線の作業でいちばん見ごたえあるって」調節器を動かしているレイクにジャックが声をかけた。「全体の動きがすごくきびきびしてる」

〝ほめられた〟レイクはにっこり笑い、得意げに言った。

「パワーショベルを無駄に置いとくわけにはいかないからね」

「それはよくわかるけど、でもいつもそうとは限らないんじゃないかな。機関車が一回りするのにどれぐらいかかるの?」

レイクは頭をかいた。

「時間は計ったことないなあ。ただ急いでやるだけのことだ」

「ラリー・ウィリアムズさんは機関車の動きをよく見てなきゃいけないんでしょ」ジャックは話を続けた。声に熱がこもってきた。「あの人も時間を無駄にできないよね」

車掌もきびきび動かなければならないことはレイクも認めた。

「でもあの人、ちゃんとできてないこともあるよ」ジャックがきっぱり言った。興奮して顔が赤くなっている。「ゆうべ、そのことでロビンとぼくは口げんかしたんだ。レイクさんの動作がすばやくて、ラリーさんはついていけないときがあるってぼくは言ったの。レイクさんは準備できてるのに、あの人はできてないからって。そしたらロビンはそんなのおかしいってさ。ラリーさんの仕事は少ないから、準備はいつもできてるって。な、キューリー、もう少しで取っ組み合いになるところだったよな?」

「ジャックとかけをしたんです。勝ったほうがレモネードをおごってもらえるんですよ、今度ライマスへ二人で行ったときに。ラリーさんがぐずぐずしてたせいで、レイクさんが機関車の発進を遅らせたことはないほうに、ぼくはかけました」ロビンは平然と嘘をついた。「レイクさん、ぼく、勝たなきゃ困るんだ。もうお小遣いが残ってないんだから」お見事な役者ぶりだ。

にんまりしながら話を聞いていたレイクが口を開いた。

「どうやらロビンのほうが正しいな。待たされることはあまりないから」

「おお」ロビンが叫んだ。「じゃあ、ぼくの勝ちだ」

「違う違う」ジャックが言い返した。「あまりないじゃ、よくわからないよ。レイクさん、一度もなかったの？　ぼくらが争ってるのはそこなんだ」

レイクは窓から顔を出して後ろに続く列車のようすを見て、蒸気の流れを止め、ギアをいっぱいに入れた。

「妙な偶然だな、そんな質問をされるとは。実はつい先週の水曜の午後、ラリーのせいで二度も待たされたんだ。たしかここ数カ月は一度もなかったが。どうしてラリーのことが気になったんだ？」

「ただいろいろ話してただけですよ」ジャックは答え、ロビンを見てにやりとした。「今度ライマスに行ったら、レモネードをたっぷりおごってくれよな。忘れちゃだめだぞ」

ロビンはレイクの言葉を聞いてぞくぞくするほど嬉しかったが、落ち着きを保ち、ちょっとがっかりした表情を浮かべて、なんだよただのまぐれ当たりだろと、友に向かって口をとがらせた。すでにレイクの注意は列車を停めることに向いていた。正確な位置取りが求められるので、精神の集中が欠かせないのだ。

「レイクさんにもレモネードを飲む権利がありますよ」機関車を降りながら、別れの挨拶としてジャックが機関士に声をかけた。「一緒に行きましょうよ、ロビンがおごってくれますから」

列車がまだ視野にあるうちは、少年たちはぶらぶらと家に向かいながら、気のなさそうな口調で言葉を交わし合っていたが、やがて探偵としての活動が話題に出ると、がぜん両者の口ぶりに熱がこもった。

「さっきの話で決まりだよ、モック」ロビンがきっぱり言った。「決定的な証言だった。もしぼくの推理が正しければ、一度か二度は発車が遅れたに違いないって、フレンチさんが言ってたよね。遅れはわかっている限り二度あった。だから推理は正しかったんだ」

「うん、そうだな」ジャックも認めた。

「ラリーがベティを上着に包《くる》んで運んだときと、上着を取りに戻ったときに、発車は遅れたんだ。それ以外に遅れた理由はありえる?」

ジャックは心なしか不安そうだ。「おれたち、マーティンさんに話したほうがいいのかな」自信なさそうにたずねた。

「いや」ロビンは言い切った。「信じちゃくれないよ。それよりまず怪しい人間が近くに住んでないか確かめよう」

「よおし。じゃ夕食がすむまで何もできないな。泳ぎにいこうか」

この晩、二人は事務所でシリルに会った。誰かに立ち聞きされないよう、ちゃんとブラインドが引かれているかどうか確かめてから、シリルは議会で決まった建設に関する計画書と名簿の写しを取り出した。

「この書類からは、引き込み線で実際に影響を受ける保有地がわかるだけだ」シリルは説明しだした。「もっと詳しいことが知りたければ原本を持ってこようか。線路周辺のかなり広い地域のようすがわかるぞ」

　ほどなく原本が必要だとわかったので、シリルはまた書類の山を調べ、おびただしい量の日程表と二千五百分の一の陸地測量図とを持ってきた。測量図には対応する番地の家屋や地域が載っている。

「どこから手をつけようか」まるで先生に相談するようにシリルはロビンにたずねた。

　ロビンは測量図をじっくり調べた。

「ごみ処理場はどこですか。新しい線路が載ってないけど」

「ああ、これはいろんな項目に関する図だからね。線路を敷く計画が決まる前に出たものだし」

　シリルは距離を測り、該当する箇所にバツ印をつけた。「ここだ。ほぼ正確だぞ」

「じゃあ四百メートル以内にある家から始めましょうか。どう、ジャック」

「いいよ。運が悪いと、ここでおしまいだよな」

　シリルはコンパスを使ってバツを中心に半径四百メートルの円を描き、顔を上げてジャックを見た。

「それじゃ、きみが円のなかの番地を言ってくれたら、おれがその家の住人を教えるから、キユーリーに何か気がついたことを書いてもらうことにしよう」

　うまい方法に思えた。各自けんめいに作業を進めていった。しかし、次々と聞いたこともない名前が出てくるので、三人の気力は次第にうせていった。が、ある家に行き当たって三人は再び元気になった。

「七十四番、ガレージ、レッジ・レーン。サミュエル・ジャイルズ」

「サミュエル・ジャイルズ！」ロビンが叫んだ。「まさかチビ助じゃないよね」

「この〝ガレージ〟がふつうの駐車場の意味なら違うな」ジャックが答えた。

「いや」シリルがじっくり資料を読みながら言った。「駐車場じゃない。以前はそうだったが今は使われてない。それにこのジャイルズは管理人だ」

「モック、もしかすると――」

「ずばり、こいつだよ」ロビンが言い終わる前にシリルが言葉を継いだ。「鉄道の修理工として名前が載ってる」

三人は顔を見合わせた。ここからごみ処理場までの距離はどれぐらいかなとジャックが言った。シリルが地図の上にからだをかがめた。

「三百メートル弱だ。おまけに、ほれ」ほおが紅潮してきた。「二つの地点のあいだには、ずうっとやぶがあるぞ。つまり壊れた柵を通ってベティを家まで運べたわけだ」

「おお、モック」自分のひざが震えていることにロビンは気づいた。「的中じゃないか？」

「かもな」ジャックは他人事《ひとごと》のように答えた。「でも、いいか、よく考えると」裁判官を思わせるほど冷静に言った。「ラリーやエイダとジャイルズとを結びつけるものは何もないぞ。ベティとジャイルズだって同じだ」

「明日の朝このあたりを見にいこうか。もう今夜は遅いから」

「ああ。いくらきみでも暗闇のなかじゃ何も見えないよな。明日にしよう」

続いて、マーティン警部にこの発見を知らせるかどうかが話し合われた。ジャックは賛成したが、ロビンは反対した。

「ジャイルズの家を見てからでもいいじゃないか。マーティンさんは取り合ってくれなくて、ぼくらのこと馬鹿にするだけだよ。でもきみのお父さんに話したら、何か指示を与えてくれるだろう」

ジャックもロビンの案に同意した。しかし二人が帰宅してみると、カー夫妻は別の用事で忙しく、話は聞いてもらえそうになかった。夫妻は夕暮れの草地を歩き回りながら、警察から届いたばかりの短い文書の内容について話し合っていた。これも重要だったので、少年たちの頭からはしばらくほかの問題が消えてしまった。カー氏が説明を始めた。

「いよいよ明日は身代金の支払日だな。この手紙に警察の方針が書いてある。読み上げたいが、暗くてだめだ。かといって家のなかではいっさい話したくない」

「エイダが関わっているはずないわ」カー夫人が言った。

「わたしもそう思いたいよ、ジュリア。だが危険は冒せないんだ、ぜったいに」

「警察はなんていってるの」けんかなんかやめてよといいたげにジャックがたずねた。

「犯人の要求に従うふりをしろとさ。明日の夜、十二時五分過ぎにわたしが指定された墓へ行って、四千ポンドを置いてくるんだと。相手をだまそうとしたり捕まえようとしたりしてはいけないらしい」

「自分たちが捕まえるからって?」

「いや、警察は介入しないそうだ」

「じゃあお金を取られちゃうよ！」

「うむ。それが狙いなんだ」

いったいどういうこと？　頭がおかしくなりそうだとロビンは思った。ジャックはどうかと見ると、何度も「ふん」と鼻を鳴らしているから、やはり納得できないようだ。

「ベティを取り戻すことを最優先に考えた策なんだ」カー氏が話を続けた。

「それはよくわかるよ」ジャックが言い返した。「だけど、なにもお金をドブに捨てなくたって」

「そうだ」カー氏が応じた。「そこがこの計画の狙い目なんだ。犯人には一ポンドも渡さない」

「どういうこと？」ジャックがたずねた。

「警察から払うお金が送られてきたんだ。きれいな紙幣で、ほとんどが新札だが、数枚はうまい具合に汚れがついている――完璧だ。実は一枚残らず偽札《にせさつ》なんだ！」

少年たちは目を丸くした。

「おお！」ジャックが声を上げた。「うまい！」

「うわ、すごい！」ロビンもあとに続いた。

「墓地に警察がいるのかどうかはわからないが」カー氏は言葉を継いだ。「二、三キロ離れたところに非常線が張られるだろう。犯人がそこを突破しようとすれば逮捕されるはずだ。汚れた紙幣もろともに」

「一石二鳥だね！」ジャックが叫んだ。

「たとえうまく非常線を通り抜けたにせよ遠くへは行けないぞ。偽札を使うのは自分から警察へ通報するのも同然だ。実際、紙幣の一枚一枚が大声で叫んでいるんだよ――〝わたしはここにいます。早く捕まえて！〟」

「うわ、すごい！」ロビンはまた声を上げた。「うまい計画だなあ。警察はどこで偽札を手に入れたんですか」

「一種の偽札作りの名人から横取りしたんだ。不本意だっただろうがね。マーティン警部によると、イーストエンドの大きなギャング団が仲間割れしたときに、警察が地価貯蔵庫から押収《おうしゅう》した密輸品の一部だそうだ。素人目には完璧に思えるが、紙質がよくないから、この手の知識がある者には見破られるらしい」

「やっぱり警察に話してよかったでしょう？」ロビンがカー夫人に言った。

「そうであればいいけれど」夫人は不安げに応じた。「あなた方、犯人をだますことばかりに熱心で、肝心なことを忘れているようね」

「だいじょうぶだ、ベティのことは誰も忘れていないよ。みんな最善の結果を出すためにがんばっているんだ」

「そうよね、ジョン。ごめんなさい」

「やれることをすべてきっちりやらないとな。銀行から本物の紙幣を下ろし、いくつかの束にまとめて紙に包むんだ――本当に支払うかのように。手を抜いてはいけない。そうして最後の瞬間に偽札と取り替えるわけだ」カー氏は力説した。

四人の話し合いはなおも続いた。ロビンはベッドに入ってから初めて気づいた。そうだ、ぼくとジャックがフレンチ主任警部に会ったことや、いくつか新しい事実がわかったことをおじさんに言わなかったな。

翌朝、二人が階下に行ってみると、もうカー氏はプリマスへ人に会いに出かけていた。この事実は不測にして悲惨な事態を招くことになるので、新たに一章を設けて説明しなければならない。

第十六章　敵の拠点への突撃

「さあジャイルズの小屋に向けて出発だ」朝食後、ジャックとぶらぶら庭に出てゆきながらロビンが言った。

「そうだな。だけどあわてることない。ちょっと時間を置こう。もっとあとでいいだろ」

ロビンは拍子抜けした。

「どうしてさ。急がなきゃだめだよ」

「うん、まあな。だけどほかにも急ぎの用がある。たとえば身代金を載せる墓石や墓地のようすを見ておくとか」

「そんなのあまり大事じゃない。まずジャイルズのところへ行ってから教会へ回ればいいよ」

こいつ、なんでいやがってるんだろ。ロビンは不思議で仕方なかったが、そのうち理由が明かされた。ジャックにすれば、フレンチの警告どおり、父親に相談しないまま自分たちが得た手がかりにもとづいて動くのは軽率に思えたのだ。しかし、どうやらジャックも少し自分の態度を恥じているらしく、ジャイルズの家へ行くのは怖くないんだ、ただそれがベティにとって最善の策という気がしないだけだと、けんめいに弁明した。

ロビンはもうがっかりした。あとほんのわずか調べを進めれば証拠が手に入るし、今までこんなにがんばってきて、最後に大成功を収める機会を失うなんていやだ。とにかくロビンはマーティン警部より先に事件を解決したかった。なのに突然ジャックが行きたくないと言いだすとは。せっかくの手柄を横取りされたような気分だ。

とはいえ、ジャックなしで活動は続けられない。どう説得しても友の気持ちを変えられないと悟ったロビンは、午前中に教会へ行き、昼食時にカー氏と会うことに同意した。

聖ニコラス教会は、西へ延びる海岸線からおよそ五キロ離れた小さな村、レルストンにあった。ここへ着くまでに一度バスを乗り換えた。まずカー家の正面からシティセンターまで行き、そこから別のバスで村へ向かった。乗り換えるまでにしばらく待たされ、さらに一時間もバスに揺られてようやくレルストンというちっぽけな生活圏の中心地、ドルフィンズヘッドまで来られた。

教会は古い建物で、風雨にさらされた四角い塔がそびえていた。地面に這いつくばっているかのような、壁が厚く窓の小さな身廊《しんろう》や内陣《ないじん》（司祭や合唱隊の席がある東端の部分）と比べると、この塔は不釣り合いなほど大きい。位置は墓地の中央で、まわりをぐるりと緑地帯と分厚いイチイの生け垣に囲まれている。誘拐犯からすればここは理想の場所だ。日中でさえひっそりしているし、夜間になれば誰にも見られる心配なくなんでも運び込めるだろう。

「いったいどの墓なんだ」屋根つき門をくぐって墓地のなかを歩きながらジャックが言った。

しばらく探してようやく見つけたが、犯人のやつら、どこまで頭がいいんだろうと、二人はあきれるほかなかった。なぜなら、身廊が内陣に向かって狭まっている目立たない角の、壁にぴた

りと寄った位置に墓はあったからだ。建物のせいで二方向から視野がさえぎられている。そばにいる者は、広々とした場所へ出てゆくのではなく、逆に壁のなかへと消えてゆくような感じを与える。また近くには小さなオークの木が立っており、共犯者が小枝の陰から見張っていれば、警察をはじめ自分たちの敵がどこかに身を潜《ひそ》めていないかどうかわかるだろう。平らで厚い石板があった。ここが身代金の置き場所だ。

「あのさ」ロビンが言った。「お金を持ち上げるとシャッターが切れるように、フラッシュつきカメラを備えつけたいね。どう?」

うまい思いつきだなとジャックは感心した。

「二、三箇所に備えたらもっといいよね」ロビンは言葉を継いだ。「少なくとも一つのカメラで相手の顔を撮れるだろうし、それに相手は一つカメラを見つけたら、もうほかにはないと思うだろ」

「名案だ。もっと早くいえばよかったのに」

「でもだめさ。失敗したらベティが殺されるかもしれない」

なるほどそうだとジャックも思い、二度とその話題には触れなかった。現場のようすがわかったので、もうここにいる用はない。二人は村へ戻り、再びバスの到着を待った。ようやく来たバスはのろのろとシティセンターまで走った。氷入りのレモネード一杯が千軒の別荘よりも今の自分には必要だ。停留所に降り立ったジャックはそう思った。なあロビン、何か飲みたいな。おれがおごるからさ。活気づいている市街地の広場を見下ろす喫茶店で、二人は楽しい十分間を過ごした。重大問題に関わる活動の合間のひとときだ。探偵の仕事にも楽しいところがあるねと二人はうなずき合った。ジャックと張り合うように、ロビンもナッツとレーズン入りの大きな板チョコを買った。二人でちょっとかじってみた。おいしかった。

一緒に店を出るとジャックが声を上げた。

「あ、アンペルティの店の向かいにうちの車が停まってる。親父も墓を見にいくつもりなんだな。墓がどこにあるのか教えてやろう」

二人は通りを渡ってヴォクスホール（英国の乗用車）に近づいた。なかからカー夫人が出てきた。

「あら、偶然ね。ちょっとようすを見にきたの。これから帰るところよ。乗っていく?」

夫人は返事を待たずにまた車に乗り込んだ。ジャックがつまらなそうに言った。

「ロビン、そうしようか。それに」市庁舎にかかっている時計をちらりと見上げた。「もう遅いし。おれたち、あの教会で時間を使いすぎたな」

ロビンは危うくジャックをどなりつけるところだった。休みに入ってから初めて、こいつとけんかしてもかまわないと思った。大事な今朝の時間をむだにしたのはおまえのせいじゃないか。しかしながら、今となってはどうにもならない。

昼食時にロビンはいやなことを聞かされた。カー氏はプリマスでの仕事に手間取り、帰りが遅くなるらしいのだ。よし、こうなったらもうジャックに遠慮するのはやめよう。

「ぼくら、今から出発しなきゃだめだ」二人きりになると、ロビンは友にきっぱり言った。「ぐずぐずしてたらまた手遅れになる」

ジャックもかなり強く言い返したが、そのうち相手の言い分の正しさを認めるしかないと悟ったらしく、しぶしぶ従うことにした。二時半ごろ、少年たちは例のやぶを通り抜け、新たにできた土手づたいに歩き、ごみ処理場近くの柵を越えた。ジャックはシリルに見せてもらった地形図を参考にして略図を作っていた。二人は太陽の位置から方向を定め、木々のあいだを進んでいった。とにかくまず、ベティがこっそりジャイルズの家まで運ばれていったのかどうかを確かめなければ。

ほどなくそのとおりだとわかった。二人は木々の陰に隠れながら、以前は自動車修理工場だった一階建ての低い建物群に近づいていった。

様々な角度から観察してみて、敷地の面積はかなり広いことがわかった。道路沿いの正面には長い建物が一つあり、別の建物が片側に沿って延びている。もう一方の側と裏手には高い壁が立っており、わきに二重の出入り口がある。こうした建物に囲まれるようにして広い中庭もあった。

「きっと正面の建物が住処《すみか》だ」ジャックが言った。「その横が作業場だな」

「そうだね。これからどうしようか、モック」

「ん？　ここはきみの出番だろ」

「じゃ、訪ねていってちょっと話をしよう。誰が住んでるのか確かめるためにね。だけど裏手からじゃだめだ。正面から堂々と行こう」

「ちょっと待て」ジャックがいきなりロビンの腕をつかんだ。「ほら、あそこ」

一人の男が家から姿を現し、道を歩いている。遠目からでもチビ助だとわかった。

「おお！」ロビンは息を呑んだ。「もうこれでなんの心配もなく近づけるぞ」

チビ助の姿が見えなくなるのを待って二人は動きだした。遠回りをして道路を渡り、引込み線の操車場方面から歩いていった。近づいてみると、正面には作業場と家があることがわかった。家のドアは通りに面していたが、家の端に近かった。二人はドアをノックした。応答がない。

「誰か出てくるかもしれないから、ここにいてくれ」ジャックがささやいた。「おれ、ちょっと角を回ってくる」

待っているうちに、ジャックのいうことが正しかったかもしれないな、ここへ来るのはほんとによかったのかなとロビンは思い始めた。自分としては誰が家の住人なのかを知りたかったのだが、知ってもあまり意味がない気がしてきた。それに、こうして行動を起こすことにも危険がないわけではない。もし住人が犯人で、二人の訪問の意図を察したら、ベティの命はどうなるだろう。来ないほうがよかったかもしれない。

一瞬、まだ間に合うな、逃げだそうかとロビンは思った。だが迷っているうちに機会を逃がした。ドアが開いた。と同時にジャックが戻ってきた。ほおが紅潮し、興奮しているようすだ。きっと何か発見したのだろう。

燃えるような赤毛をしたやせて背の高い女が戸口に立って二人を見ている。怪しいな。ロビンにはぴんときた。この女、ひねくれてて心が冷たいだけでなく、すごく頭がいいに違いない。ロビンは挨拶しようとしたが、舌がもつれてしまった。とっさにジャックが助け舟を出してくれた。

「はじめまして」ていねいな口調だ。「ぼくたち、こちらが以前は自動車工場だったと気がついたのですが、中古のオートバイが残っていれば、安くゆずっていただけないかと思いまして」

ジャックの顔を見つめていた女はゆっくり首を横に振った。が、ふと何かを思い出したらしく、うなずいた。

「一台あるけど」うさんくさそうに答えた。「でも部品がいくつかなくなってるの。走らないわよ」

「代わりの部品は手に入るかもしれません。いちおう見せていただけますか」

「どうかしらね。大したものじゃないけど。まあ見たいならどうぞ」

こういうやりとりのコツを心得ているジャックは、ロビンに相談するふりをしてから女のほうを向いた。「ではお願いします。買うかどうかはわかりませんが」

「ああいいわよ。入って」

女がドアを押さえてくれたので、少年たちはなかに入り、奥までまっすぐ延びている狭い通路に立った。両側にドアがついている。出入り口のドアを閉めた女は先頭に立って歩きだし、片側のドアを開けた。そこは中庭だった。

「倉庫のなかにあるのよ。ちょっとここにいて。鍵を持ってくるから」

女が立ち去ると、ジャックがロビンにからだを寄せた。

「ここ、いい家だなあ」わざと大声で言うと、いきなり友の耳元でささやいた。「ベティが表の部屋のベッドにいるぞ！」

ロビンは面食らった。

「おい、モック！」ささやき返した。「なかに入ったのは失敗だったよ！」

「しかたないだろ。バイクがあるなんて思わなかった」ここでジャックはふだんどおりの声を出した。「工場としてもいい場所にあるし。どうしてやめちゃったんですか」ちょうど戻ってきた女にたずねた。

「さあね。うちが越して来る前のことだから」

女は答えながら中庭を横切り、横壁沿いの建物の中央にあるドアを開けた。四つあるなかの二番目の倉庫だなとロビンは見て取った。建物——となりの母屋《おもや》と比べると大きさは半分だ——のほかの部分には長い窓がある。ここはジャックの観察どおり古い工場だった。

女は倉庫のなかへ消えていった。少年たちもあとに続いた。見るとそこいらに古い家具をはじめ様々ながらくたが置いてある。一方から造りの雑な大きい衣装戸棚が出っ張っていた。

「すみにあるわ」女が衣装戸棚の背後を指さした。「でも今は入らないで。暗いから何かにつまずいて転んじゃうわよ。懐中電灯を持ってくるわ」

女は中庭へ戻っていった。と、そのとき、ロビンは急に変な胸騒ぎを覚え、くるりと振り向いて女の背中を目で追った——ちょうどドアがバタンと閉まって鍵のかかる音がした。

ドアについている小さな窓ガラスの向こうに女の顔が現れた。

「他人の家のなかを探るときはもっとうまくやりな」女はいきなり別人のような声でどなった。

「そこでしばらく考えろ」

ロビンが窓に走り寄ったが、女は家のほうへ遠ざかっていった。直後にドアが勢いよく閉まる音がした。少年たちは暗い目で顔を見合わせた。

「くそ！　あいつ、おれがのぞいてたところを見てたんだな」ジャックが言った。

「じゃ、きみがベティを見つけたのも知ってるのかな」

ジャックはうなずいた。「キューリー、大変なことになったな」

ロビンも頭が混乱したので、いつもとは違う態度に出てしまった。

「ベティを見つけたとき、なんですぐ外に出て助けを呼びにいかなかったんだよ」友をなじった。「きみのせいだぞ」

ジャックはフンという顔をした。

「ああ、そうだな。だけど、あとから文句をいうのは楽なもんだ」

なるほどそれはそうだ。ロビンは怒りをぐっとおさえた。

「ベティのようすを話してよ。元気そうだった？」

「くそ！」ジャックは吐き捨てるように言った。「最初はベティだとわかんなかった。髪が赤かったんだ、あの女みたいに」

「染められたんだね！」

「そうに違いない。なんのつもりだろ」

「わからない。ベティはきみのことわかった？」

「寝てたよ。ベッドで」

「だけど元気そうだったんでしょ」

「ああ、それはだいじょうぶさ」

「ね、モック、早くここを出て助けにいかないと」

「ううむ」ジャックがうなった。「どうやりゃいいんだ」

「まわりを調べてみよう」気がついたら自分が率先して動いているので、ロビンはなんだか妙な気がした。人から指図されて行動するなんてジャックらしくないな。

二人は〝牢獄〟のなかを手分けして見て回った。光はドアのわずか二十センチ四方の窓から入るだけだ。だが次第に目が暗さに慣れてきたので、どうにかまごつかずに動けた。

入り口から出るのは不可能だとすぐにわかった。ドアは重くてがっしりしているし、長い帯《おび》ちょうつがいがドアと柱に取りつけられている。大きな南京錠《なんきんじょう》が倉庫の分厚い入り口にかかっていたことも二人はすでに見ている。さらに窓は小さいから通り抜けられない。ガラスを割っても無理だ。

「こっちからはどうやってもだめだ」細かい点まで調べたすえにロビンが言った。「うん。道具があってもな。ドアをたたき壊したら、きっとライマスまで聞こえるぐらいの音がしそうだ」

倉庫のほかの部分についても望みはなさそうだった。床はコンクリート製だし、壁と天井には漆喰が塗ってある。どこにも傷一つない。二人とも口には決して出さないが、気持ちがどんどん落ち込んでいった。

「厳しいな」ロビンがついにつぶやいた。

「床に置いてあるもののあいだを歩いてみよう」ジャックが言った。「何か見つかるかもしれない」

ロビンは、そんなのむだだという気もしたが、いちおう付き合うことにした。古いガラクタが所狭しと置いてある。家庭生活を営むなかで、めんどうくさいからと燃やしたり運び出したりしないうちに増えていったのだろう。暗い気分のまま、壊れたいすや脚の取れたテーブル、丸めてある破れたじゅうたん、さびついた車の泥よけなどのあいだを二人は歩いていった。やがてジャックが何かを見つめながらうめき声を発した。

その視線の先にあるものは古い鉄格子《てつごうし》だった。半円形のふたや時代遅れの型からすると、百年ほど前の品にも見えるが、今はひどく砕《くだ》かれている。石工用のこて並みに鋭く尖った破片をジャックは指さした。

「少しは望みが出てきたかな」自信なさそうに言った。「あれを使ってレンガをこじ開けられないか？」

可能性はありそうだ。とにかくやることが見つかったのでロビンも少しほっとした。

「よし、やってみよう」元気よく答えた。「ほら、モック、手を動かそうよ。どの部分がいちばんよさそうかな」

ジャックは長さ三十センチほどで幅の広い短剣にも似た破片を拾い上げ、立ち上がってあたりを見回した。

「横の壁はどっちもだめだな。ほかの倉庫につながってるから。正面もだめだ、ドアだから。となると裏手しかない」

「裏手でなきゃだめさ」ロビンが迷いなく言った。「だってそこを抜けると外に出られて、林へ入っていけるんだから」

ジャックもうなずいた。

「それから衣装戸棚のうしろだ。やつらが入ってきても見つからずにすむ。ただすごく暗いけど」

「ぼくがどうにかするよ」ロビンが言った。「ほら！」

ロビンは壊れた台に載っている古い鏡をつかみ、よっこらしょとテーブルに置いた。すると窓から差す光が衣装戸棚の背後の壁に当たった。

「うまい。これならだいじょうぶだ」ジャックが言い、鉄の破片で漆喰をがりがりこすりだした。だがあまり効果はなかった。何度も場所を変えてやってみたが、あまり深くこすれず、下のレンガが見えてこなかった。

「だめだ」ジャックはいまいましそうに言った。「おれ、力が弱いなあ」

そのようすを見ていたロビンはまわりに目をやり、長さ三十センチほどの鋳鉄棒《ちゅうてつぼう》を拾い上げた。

「古い窓枠に使う金具だ。これをハンマー代わりに使おう」

ジャックはうなずき、手にしている鉄の破片の先を壁につけてたたこうとした。

「ちょっと待った」ロビンは木片《もくへん》を拾い、鉄片の手前側の先にあてがった。「木を打って」

「これが衝撃を吸収するから音を立てずにすむ。たぶん割れないよ」

にわかに作業がはかどりだした。最初の一撃で漆喰が大きくはがれ、下のレンガが見えた。十分後、かなり広い範囲で漆喰の覆いはなくなった。ジャックが手を休めて、はあっと息を吐いた。

「きみ、レンガの建物には詳しいか？」

ジャックの熱っぽい口ぶりにロビンは驚きながら首を横に振った。

「レンガが積んである場合、見えてる横腹の部分をストレッチャーっていうんだ。頭の部分はヘッダーさ。ふつうは両方を交互に並べていくんだ。わかる？」

「うん。だけどそれが――」

「この壁を見てみろよ」ジャックの口調にますます熱がこもった。「これみんなストレッチャーだ。ヘッダーは一つもない」

「ほんとだ。でも別に大したことじゃ――」

「いや」ジャックは勝ち誇ったように言った。「つまり建物のレンガの厚みが半分しかないってことさ。そうだろ？　穴が開けやすいぞ！」

ロビンの胸が一気に高鳴った。

「モック！　ぼくら、出られるんだね！」

幸いにも壁はセメントではなくモルタルでできており、合わせ目を崩してゆくのは難しくないことがわかった。ほどなく二人は一つのレンガのまわりに関して作業を終えた。

「こいつに一撃を食らわしてくれ」ジャックが言った。「落ち着いてやれよ。なるべく音を立てないように」

ジャックは古いカーテンを拾い上げると、レンガの見えている部分にあてがった。ロビンはそこを思い切りたたいた。

「よし、動いた」ジャックが自信に満ちた声で言った。「もう一度」

だがここで邪魔が入った。家のドアが開く音がして、足音が近づいてきた。

少年たちはさっと鏡を下ろしてドアに近寄った。ほぼ同時にドアが開き、ラリー・ウィリアムズとチビ助ジャイルズが姿を現した。赤毛の女もすぐ後ろに立っていた。

第十七章　一進一退

一瞬、二手にわかれている五人は黙って顔を見合わせたが、すぐにラリーが話しだした――引き込み線の車掌として、日ごろ技師の息子に対して礼儀正しく話すときとはまったく別人のような声で。

「ふん、バカなガキどもめ、よけいなことに首を突っ込みやがって！　これからどんな目に遭うか楽しみにしやがれ！」

「おまえなんか、おれたちに何もできやしないよ」ジャックが言い返した。

「おい、口の利き方に気をつけろ」ラリーが言葉を継いだ。「おめえら、自分がりこうな人間だとうぬぼれてたろ。とんでもねえカン違いだ。こちとらはな、あの洞穴のときからずっと、おめえらの動きをつかんでたのさ。今日のうちに、でしゃばりの報いを受けてもらうからな！」

「おれたちにも洞穴に入る権利はあるんだ。おまえらやほかの人間と同じようにな」ジャックが言い放った。ロビンは友の勇気に感心した。「ただ、おれたちはおまえらと違って、あそこで盗んだ品の売り買いなんかしないだけだ」

ジャイルズはさもいまいましげに汚い言葉を吐いた。気味悪い小さな目が憎しみでぎらついている。「おい、憎まれ口をたたいたことをきっと後悔するぞ」うなるような声だ。「おめえらのおかげでおれたちはデカにつきまとわれたんだ。そのお礼もしなきゃな」

「そうだ」ラリーも続いた。「おめえらがこうなったのも自業自得《じごうじとく》さ。この件には関わるなと、おれたちは手紙で警告した。だが無視してくれたよな。やたらこそこそ歩き回って何やら調べてやがった。で、このザマだ」

「おどしても無駄だぞ」ジャックが堂々と反論した。ぼくにはとてもまねできないなと、ロビンはひそかに舌を巻いた。「うちの家族はおれたちの居場所を知ってるんだ。おれたちが夜までに帰らなきゃ探しにきてくれる」

「家族が何をしても手遅れだね。おめえらの死体も拝《おが》めやしねえ」

ジャックは大声で笑った。ロビンはほれぼれしたように友の顔を見つめた。「だとしたら警察はおまえら二人を処刑できる根拠を得るわけだ。マーティン警部がお待ちかねだよ」

これは見事なはったりだ。だがロビンには気になることがあった。倉庫に閉じ込められている時間がずいぶん長い。もしジャックの反論どおりなら、もう誰か助けに来てくれてもよいはずなのに。

どうやらラリーも同じことを考えているらしい。ジャイルズと二人でロビンたちをおどし続けた。と、そのとき、赤毛の女の声がした。女はいったん姿を消したが、今はバターつきパンとミルク入りのコップを載せたお盆を手にして立っていた。

「ちょっと」ぞんざいな言い方だ。「もういいじゃないの。もう十分その子たちを怖がらせたでしょ。ね、あんたたち、痛い目に遭わせたりはしないから安心しな。こっちの仕事が終わるまで、ここでおとなしくしてればいいんだよ。あたしらがお金をもらって安全なところまで行けたら、あんたたちの家族に電話して居場所を教えてあげるから。待ってるあいだ、これでも飲み食いして元気をつけな」ここでジャイルズたちのほうを向いた。「ほら、この場を引き上げて。早く食事をすませなよ」

　ロビンは男たちの言葉を真に受けたわけではないが、それでも気持ちがすっと軽くなるのを感じた。心のうちを相手に悟られていなければよいのだが、とにかく足が震えるほど怖かったのだ。ジャックだって、すごく勇ましいところを見せてたけど、顔は真っ青だからやっぱり怖かったんだな。

　二人の男がぶつぶついうのを無視して女はお盆を差し出した。少年たちが受け取ると、ラリーがドアをばたんと閉めて鍵をかけた。三人の足音が遠ざかっていった。やがて家のドアが閉まり、あたりはしんとなった。

「助かったあ！」ジャックの声は少し震えていた。「もしあいつらが戸棚のうしろをのぞいてたら！」

「だけどモック、きみ、すごかったなあ！　ぼくもあんなふうに言い返してやりたかったよ！」

　ジャックは顔をゆがめて笑った。

「あいつらが本気にしてなきゃ、あまり意味はないよ。でも食べ物をくれたからよかったな。おれはミルクを少し飲めばいいや」

ジャックはマグを手に取り、目で中味を量った。

「底が見えたら飲むのをやめるから。それでだいたい半分だろ」

ジャックがマグを口に近づけた瞬間、ロビンはまた恐怖に襲われた。

「ちょっと待て！　待てよ！　飲んじゃだめだ！」

ジャックの手の動きが途中で止まった。

「なんだよ」

「あの女は信用できない。あいつは男たちよりあくどいよ。ミルクに何か混ぜたかもしれない！」

「何言ってんだ」ジャックはフンという顔をした。「ギャング映画じゃあるまいし」

ロビンの表情はなおさら真剣になった。

「わからない？　これがやつらの手なんだ。ぼくらを眠らせれば、邪魔が入る心配なく計画を実行できるわけだよ。だから少なくとも飲み込む前に味見はしないと」

まあ仕方ないかという顔で、ジャックがほんの少しミルクを口に含んだ。だがとたんに顔色を変えてマグをロビンに渡した。

「げっ、変な味がする。飲んでみてくれ」

ロビンもほんの少し口に含んだ。う、なんだこれ、苦いな。ロビンは丸めたじゅうたんのうしろに中味を空けた。

「飲まなくて正解だったね。パンも食べないほうがいい」

「でもおれ、腹減ってんだよ」ジャックが口をとがらせた。
その返事として、ロビンはポケットに手を入れ、ナッツとレーズン入りの板チョコを取り出した。ジャックは「よしっ」と満足げな声を上げた。ぴったり半分ずつになるようにジャックがチョコを慎重に割っているあいだ、ロビンはミルクと同じところにパンも捨てた。
チョコのおかげで二人とも力が湧いてき、気分もぐっと晴れやかになった。鏡を置き直すと、二人はまた壁に向かって作業に取り組んだ。ところがあまりはかどらなかった。音を立てるわけにはゆかないからだ。
幸いレンガの周囲はかなりゆるくなっているので、少し刺激を与えただけでレンガが一つ反対側に落ち、そこにぽっかり穴が空いた。しかしながら、少年たちの心はまた一気に沈んでいった。

二人が掘ったのは内壁だった！　穴から見えるのは戸外ではなく、となりの建物だった。

「ああ、モック、いやになってくるなあ！」がっかりしてロビンが叫んだ。

だがジャックはめげなかった。「考えてみたら当然さ。外壁だったら、もうレンガ半分の厚みがあるはずだよ」

ロビンにはもう助かる見込みはなさそうに思えたが、ジャックと話してゆくうちに、絶望するのはまだ早い気もしてきた。となりの建物のなかは明るい。つまり窓が戸外に面しているわけだ。きっとそのどれかを開けられるだろう。

「とにかく窓から外へ出なきゃいけないんだ」ジャックがずばりと言った。「よし、キューリー、やろうぜ」

一つレンガが取れると、あとの作業は楽に進んだ。ほどなく、通り抜けられそうなぐらい大きな穴が開いた。が、また二人はがっかりするはめに陥った。

穴の向こうは作業場だった。L字形になっており、長い部分は並んだ倉庫の背後に延びている。短い部分は建物の横幅で、一列に並んだ窓——二人が中庭から見た窓だ——から差す光に照らされている。残念ながらこちらの外壁には穴がなかった。長い部分には天窓から光が差している。

二人がなかのようすを観察していると、また危機が訪れた。家のドアが開き、ラリーとチビ助が出てきたのだ。

「戻ろう！」ジャックがささやいた。「早く！　あいつら、こっちを覗くかもしれない！」

二人は穴に駆け寄り、からだをねじり入れて元の位置に戻った。

「じゅうたんに寝そべって眠ったふりをしよう！」はあはあいいながらロビンがささやいた。

「たぶん薬が効いてるか確かめるつもりだよ。ゆっくり荒く息を吐いて！」

二人が床に横たわるやいなや、ドアが開いた。

「ふむ」ラリーの声だ。「うまくいったな。仕事が一つ終わった。ガキどもは十時間ほどこのままだろう」

再びドアに鍵がかけられ、足音が遠のいていった。まもなく家のドアが閉まった。ロビンは気がつくと汗びっしょりだった。

「助かった」しばらくの沈黙のあと、ジャックが言った。「あいつらはもう来ないぞ。作業場に戻ろう」

「何か飲みたいなあ」ロビンが情けなさそうな声を出した。「お腹は空いてないけど、のどがからからなんだ」

「おれも。だけど、ぐっと我慢して、やることをやらないと。ここには水はないんだし」

「作業場には水道が通ってるかもしれないね」

「あ、そうか。見てみようか」

二人が壁を通り抜けてみると、流しがあった。水はきれいで冷たかった。二人とも腹いっぱい飲んだ。

「よおし」ジャックが満足げに言った。「もう、どんなことでもやれるぞ」

「ぼくも。何か品物を高く積んで、あの天窓から出ようか」

近くにはしごでもあるかなと二人は思ったのだが、見当たらなかった。そこで本を積み上げることにした。本ならいろいろな大きさのものがたくさんあるだろう。しかし、やり始めようとしたとき、ラリーとチビ助がまた中庭に姿を現した。

「ちょっと待て。音を聞かれちゃうよ」ジャックがささやいた。「隠れてあいつらのようすを見よう」

二人は大きなごみ箱の後ろに隠れ、箱の上からそうっと顔を出した。窓の向こうに中庭が見える。男たちがそこを横切って倉庫に近づいてきた。南京錠のガチャガチャいう音が聞こえ、続いてドアがギーッと開く音が聞こえた。少年たちは息が止まりそうな気がした。だが今回は恐れる必要はなかった。ほどなくラリーがオートバイとサイドカーを押して現れた。開いたのは一番倉庫であって二番倉庫ではなかった。

ラリーはバイクを走らせようとしているが、エンジンがかからない。

「ちぇ、どうなってんだ、このポンコツは」いまいましそうにどなった。「よりによって乗らなきゃいけねえ日に、このザマだ！」

「まあ落ち着けよ、ラリー。まだ修理する時間はある。出発は四時間後だ」

ラリーはまた怒りだし、おまえの言葉なんか慰めにならねえときっぱり言い返してから自分の案を述べた。「作業場を開けよう。すぐに外は暗くなるから。それに作業台を使ったほうがやりやすい」

少年たちは真っ青になって顔を見合わせると、L字形の長い部分に沿ってこそこそ後ずさりしていった。

「あそこに並んでる箱の後ろに隠れよう」ジャックがささやいた。「あいつらがなかへ入ってきて穴を見つけたら、おれたちの目的がわかっちゃう。だからあいつらの話が聞こえるところにいるほうがいい」

まさに間一髪だった。二人が箱の後ろに走って身をかがめたとたん、鍵を手にしたチビ助が現れてドアを開けた。

ラリーがまだ不満そうにぶつぶついいながら、サイドカー付きバイクを押して作業場に入ってきた。チビ助が作業台の上の電灯をつけた。二人はエンジンを分解し始めた。チビ助はラリーの指示に従っている。

かなり時間が経ってから女が入ってきた。

「バイク、どうしたの」作業のようすに目を向けながら女は不安そうに言った。

「見りゃあわかるだろ、エンジンのなかのようすを知りたいからって、わざわざ分解するやつがいるかよと、ラリーは女にどなった。だがチビ助は、ぎすぎすした雰囲気を和らげるように愛想よい笑みを浮かべ、穏やかな口ぶりで女に答えた。「愛車が動かないらしいよ、ミリー。だけどすぐ直せるとさ」ここで、ふと何かを思いついたようにラリーのほうを向いた。「おい、今後の手順を確認しとこうか。三人そろったことだし」

まだ腹の虫がおさまらないようすのラリーが答えた——この期《ご》に及んで自分たちがこれから何をしたらいいかわからねえようじゃ、おまえら、エラそうにしてるわりにはバカなんだな。さらにラリーはついでのように言い足した。おれは仲間から抜けたいよ。しかし、ミリーという女も負けずに強く言い返した。

「あまり大きな口をたたくんじゃないよ、ラリー・ウィリアムズ。いいかい、あんたは仕事の四分の一を受け持ってるにすぎないんだからね。自分一人で何かもかもやってるようなことを言わないどくれ」

こいつら仲間割れするかもしれない。少年たちは嬉しかった。だが相手の三人はともあれ相談を始めた。

次第に明らかになったその計画は、ロビンにはとてもよく練られたものに思えた。カー氏が警察に通報していなければ、すでに成功していただろう。ラリーたちにとって事がうまく運ぶかどうかは、マーティン警部の活躍いかんで決まりそうだ。

どうやら、あたりが暗くなるやラリーが自転車でレルストンの教会まで行き、自転車を隠してから、イチイの生け垣に見つけてあった穴を通って墓地に忍び込むという手順らしい。そうして墓の上にある奥行きの深い窓敷居の一つに登るという。たとえジョン・カーのやつ――いや、むしろ敵は警察かな――が懐中電灯を持ってても、上のほうを照らしたりはしねえだろう。ラリーはなおも自信たっぷりに言った――こういう状況じゃ、人間は懐中電灯を下に向けるもんなのさ。聞いていたロビンもなるほどと思った。

身代金が墓に置かれて、置いた人間が立ち去ったら、ラリーはそっと地面に飛び降りて金をつかみ、建物づたいにそうっと進んで反対側の角に達する。そこで四つんばいに這って自転車を停めた位置まで行くと、倉庫まで戻ってくる。こうして空を背景に立たないよう気をつけるわけだ。夜に行動する場合、人影が浮かばないよう注意しなければならない。一時前には戻ってくるよとラリーは言った。そのあいだに、エイダ――いつもどおりベッドで寝ているふりをしている――がカー氏の家を抜け出して、ここに来るらしい。

ラリーが倉庫に戻ってくるなり、四人は金を数えてそれぞれ分け前を取り、サイドカー付きバイクで逃げるわけだ。ラリーがバイクを運転し、チビ助が後部座席に乗り、ミリーがサイドカーに乗り、エイダがミリーのひざに乗って。ここから先の行動については連中はあまり詳しく語らなかったが、ロビンの推理するところでは海岸に出るのではないか。ミリーの兄の縦帆式《じゅうはんしき》漁船が迎えにきているはずだ。乗り込む前に連中はカー宅に電話をかけ、ベティや少年たちの居所を教えるだろう。漁船は沿岸の箇所に停まるごとに四人を一人ずつ陸に上げる。そうして四人はそれぞれの道を通ってロンドンのイーストエンドで落ち合うわけだ。

こんな話し合いが終わるころには、バイクの内部の部品が作業台にずらりと並んだ。チビ助が部品を一つ一つ磨いてラリーに手渡すと、ラリーはそれを組み立て始めた。二人の作業を一時間近く見ていたミリーは、あくびをして出ていった。

犯人の計画がわかったことで、この場から抜け出したいというロビンの気持ちはなお強まった。ベティの安全と四人の逮捕が何よりも大事だ。だが当面はとても動けない。

何時間も経って――少年たちは時計を持っていなかった――ようやくラリーの作業が終わった。ラリーはガソリンを出し、気化器《キャブレター》を指で突っつき、バイクにまたがるとスターターを踏み込んだ。

轟音《ごうおん》とともにエンジンが動きだした。ラリーはモーターを止め、チビ助の手を借りてバイクを中庭へ押していった。

だが二人は少年たちの期待に反して家屋へは帰ってゆかず、逆に作業場へ戻ってきて、パイプに火をつけながら言葉を交わし始めた。とはいえ新しい情報をもたらしてもくれなかった。ミリーは「君子危うきに近寄らず」（シェイクスピア『ヘンリー四世』第一部第五幕第四場参照）といったふうで、知らん顔している。

さらに一時間が過ぎたところでラリーが自分の腕時計に目をやった。

「十一時か。じゃ、おれは行く」

男たちは立ち上がり、電灯を消すと外へ出ていった。ドアに鍵がかかる音がした。次いでチビ助が懐中電灯を照らしながら大きな門を開けた。バイクに乗ったラリーが門から出た。門を閉めた――だが鍵はかけていない――チビ助が家に戻ってきた。

「助かった」痛む手足をそうっと伸ばしながらロビンがつぶやいた。「もうこんなとこには一分だっていられないよ。あのさ、ぼくら天窓まで行けるんじゃないかな」

「どうやって」ジャックがむっつりと応じた。「窓の位置もわからないのに。それに箱を見つけて積み上げることもできないよ」

たしかに。まわりは真っ暗闇だ。二人が脱出できる可能性は皆無に近いのではないか。

「懐中電灯があればなんとかなるかもしれない。光は目立つから危ないけど」ジャックが小声で言葉を継いだ。「とにかくおれたちには何もないんだ。きみ、マッチ持ってないだろ？」

ロビンが首を横に振った。だがジャックには見えないことに気づき、言葉で答えてから逆にたずねた。

「チビ助がドアから鍵を抜いたかどうか見た？」

「ああ。どうして」

「あのさ、ガラスを割って、穴から手を出して鍵を回せないかな」

「だめだよ。だいいちガラスを割ったら音を聞かれる」

「じゃ、作業台の前に並んでる窓を探ってみようよ」ロビンはめげずに言った。「一つぐらい開くのがあるかもしれない」

ジャックは無理だろうと思ったが、試してみることにした。二人は床の障害物に何度もつまずきながらそろそろと前に進み、ようやく作業台まで来ると、その上に乗ってみた。しかし台には道具などがびっしり置いてある。もしどれか一つでもけとばして床に落としてしまったら、わざわざチビ助やミリーを呼び寄せるようなものだ。とにかくこの試みは無駄だとロビンもジャックも悟った。

二人はがっかりして作業台に腰かけ、小声で言葉を交わした。と同時に、なんとか難問の解答を見つけ出せないだろうかとけんめいに頭を働かせた。

第十八章　敗北のなかの勝利

不思議なことに、始めにあきらめたような顔をしたのはジャックだった。

「よく考えるとさ」ロビンの提案に対してジャックが言った。「おれたちは必死になってここを出ようとしなくてもいいんだよ。そりゃあ出たいけど、大したことじゃないだろ。ベティは無事なんだし、たぶんおれたちも助かる。あいつらはお金を手に入れられない。こっちの目的は果したじゃないか」

「きみ、ミリーの言葉を信じてるの？　ミルクのことも嘘だったじゃないか」

「あいつら、もしおれたちを痛めつけるつもりだったら、眠らせようとはしなかったんじゃないか？」

ロビンはどきっとしたが、ジャックの言い分に納得せざるをえなかった。

「ベティを起こして家に連れて帰れてたら、どんなによかっただろう。せめてここからマーティンさんに電話できたらなあ」

「ああ」ジャックもうなずいた。「でも、できないよな」

沈黙がしばらく続いた。だが外に目を向けていたロビンがあることに気づいた。

「ほら、モック、壁の向こうに空が見えるよ！」

ほんとだ。暗闇に目が慣れたせいで、閉じ込められたときよりものがよく見える。

「きっと今なら天窓も見つかるよ」ロビンが熱っぽく言った。

ジャックはみるみる元気になった。二人は作業台から慎重に降りると、Lの短い部分に沿ってゆっくり進んでいった。

「ほら、見えるぞ」ジャックが小さいながら力強い声で言った。「だけど、暗いなかで箱を積んでいけるかな」

「できるさ。やってみよう」

ジャックも乗り気になった。二人はまわりに置かれてある箱を手で探り始め、かすかに見える屋根の暗い紫の四角に向けて一つ一つ積み上げた。実に骨の折れる作業だった。あたりが暗いからだけでなく、音を立ててはいけないからだ。それでも互いに全力を尽くしたせいで、箱の塔は少しずつ高くなっていった。

思い切って登ってみたジャックが嬉しそうに言った。もうすぐ天窓に手が届くぞ。が、くやしそうに付け加えた。

「わ、これ固定されてる。運が悪いなあ。開かないよ。壊さなきゃだめだ。でもすっげえ音がしそうだ」

「ガラスを割って、あいつらが来る前に逃げ出せないかな」

「無理だ。窓枠を開けなきゃだめなんだよ。だいいち、わかんないのかよ、昼間だって割れたガラスは通り抜けられないだろ。からだがずたずたになる」

「何か窓枠を開ける方法はないかな。鉄の破片を見つけて押し上げてみようか」

「ああいいよ。あまり効果はなさそうだけど」

ロビンはどうにか倉庫に戻り、何度も手探りしたすえに道具をつかんだ。

道具を渡されたジャックは、てこの原理で尖った先端をなんとか割れ目に差し込もうとした。

ロビンは作業の終わるのをいらいらしながら待っている。頭上から聞こえる音が大きくなった。

道具を持つジャックの手にいっそう力がこもったからだ。と、そのとき、道具が手から滑り落ちた。がちゃんという音が響き渡り、割れたガラスがシャワーさながら床に降り注いで、じゃらじゃら音を立てた。

「窓枠が取れたぞ」ジャックが元気な声を出した。「降りるの手伝ってくれないか」

「けがした?」

「いや。きみは?」

「してない」

ジャックが床に降りたとほぼ同時に中庭で人声がした。

「起きてるわけないじゃないの」ミリーが言っている。「たっくさん薬を盛ったんだから」

「てやんでえ、やつらしか考えられねえだろ」チビ助が言い返している。「とにかく見てみようや」

直後に倉庫の南京錠のガチャガチャいう音やドアがギーッと開く音がした。穴から細い光が差

し込んだ。いきなりチビ助がいかにも情けなさそうな芝居がかった声を張り上げた。

「見ろ、やっぱりやつらじゃねえかあ。おめえが薬の盛り方を間違えたんだ」

「あたしは何も間違ってやしないよ」冗談じゃないといいたげな、ミリーのけんか腰の声が響いた。「落ち着きなよ、サム。外に出られっこないんだから。どこにいるか探せばいいんだよ」

足音が近づき、懐中電灯の光が壁の向こうで明るく輝いた。

「こしゃくなガキどもめ！　意地でも出口にゃ行かせねえぞ」チビ助はますます芝居がかった声を出した。

「ここから行けるのは作業場だけだよ。きっとあそこにいる。さ、早く捕まえようよ！」

光がちらちらし、消えていった。足音も次第に遠のいた。

「助かった」ジャックがささやいた。「あいつら、ドアを開けっぱなしにしてるぞ！　穴から出よう！　早く！」

二人はからだをすばやくよじって穴を通ったが、それでもジャックがちょうど足を引っ込めたとき、背後で懐中電灯が光った。

「やつら、天窓から抜け出やがった」チビ助の声がした。「おい、信じられっかよ。まさかあんなとこまで行くとは」

「だからさ」ミリーが応じた。先ほどとは違って冷酷そのものの声だ。少年たちは心臓を締めつけられるような気がした。「あいつら、ひねくれた子どもなんだよ。ミルクにも手をつけなかったんだ。薬が入ってることを見破って眠ったふりをしたのさ！　危なっかしくて、あんたとラリーだけに任せとくわけにはいかないね、こうたやすくに子どもにだまされてるんじゃ」

相手がこんな言い争いをしているあいだ、少年たちは上体をかがめ、抜き足差し足で倉庫の開いているドアに近づいた。このまま中庭まで行けたら、門から出てマーティンに知らせるつもりだ。

だが残念ながら前方に懐中電灯の光が見え、チビ助とミリーが作業場から出てきた。少年たちは倉庫のドアの陰に隠れた。

相手はまだ口論しながら家屋に向かっている。あとほんの少しで、邪魔者は消えるはずだった。しかしまた少年たちの願いはかなわなかった。ラリーが門からバイクを押しながらいきなり現れたのだ。

「おめえら、そんな懐中電灯を持って何してんだ」仲間二人に声をかけた。「近所じゅうの人間をたたき起こすつもりか？」

光が消えた。

「すまねえ、ラリー」チビ助の声がした。「だけどよ、あのガキどもがずらかりやがったんだ。壁に穴を開けて作業場に忍び込んで、天窓から出ていきやがったのさ」

今度はラリーが芝居がかった声を出す番だった。

「まったくおまえら二人はいいコンビだぜ。仲よくヘマしてくれてよお」苦々しそうに言った。「ま、おまえらには別に期待もしてないがな。いずれにしろ、ガキどものことはそんなに心配ねえよ。やつらがサツにタレこむころにゃ、おれたちははるか遠いところへ行ってる。それよりもっとヤバイことがあるんだ。どうやら」ここでラリーは名優さながらの声を張り上げた。「おれたち、一杯食わされたらしいぞ！　この札束はただの紙切れの束みてえなんだ！」

仲間二人の口から、いかにもがっかりしたという声が出た。ロビンもまた、マーティンの策が失敗に終わったと知り、暗い気分になった。

「何を血迷ってるのよ」ミリーがなだめるように言った。「あたしらエイダから聞いたじゃないか、向こうは銀行から金を下ろしたって」

「エイダもだまされたんだ」ラリーの怒りはおさまらないようすだ。「おまえ、おれが本物の札の感触を知らねえとでも思ってるのか」

「札のことにかけちゃ、ラリーより詳しいやつはいねえよ、ミリー。心配すんな」チビ助がとりなすように言った。

「でしゃばらないでよ」ミリーがチビ助をにらみつけた。「あんたなんか、なんの役にも立たなかったくせに。ねえ、あたしらいつまでこんな暗闇にいるのさ。明るいところへ出て札束を確かめようよ」

「やたらに歩き回ってるひまはねえよ」ラリーが答えた。仲間の言葉など聞く気もないようだ。

「懐中電灯をよこせ」

三人はバイクの上に上体をかがめた。サイドカーに光が当たった。不気味な沈黙が生まれたが、やがてすさまじい罵声《ばせい》が飛び交った。まずラリーが声を上げると、まるで輪唱《りんしょう》するようにあとの二人が続いた。

「偽札だ！」ラリーがくやしそうに叫んだ。「全部そうだ！　おれたちはまんまとしてやられた！　すぐここを引き払わねえと。ガキどもはサツにチクるに決まってる。しかし、カーの野郎、このままじゃすまさねえぞ！」

ミリーとチビ助が罵倒《ばとう》を引き継いでいるあいだ、ラリーは黙っていたが、また口を開いた。「おれをここまでコケにして、無事ですむやつはこの世に一人もいねえんだ！　カーにはたっぷり礼をしてやる！　ズラかる前に娘ののどを切り裂いてやるか！」

これを聞いて、さすがに残りの二人はぎょっとした。チビ助は恐る恐る異を唱えた。

「ちょ、ちょっと待てよ、ラリー。そこまでやったら、おれたち首をくくられるぞ。そりゃ賛成できねえな。いくらなんでも無理だ」

ミリーはもっとはっきり反対した。

「バカなこと言わないでよ。あんたが死刑になりたくたって、あたしらはごめんだからね。あたしらのほしいのは金なんだ。ね、やけにならないでよ。これからどうすればいちばんいいのか、しっかり考えようよ」

ラリーは多少とも落ち着いたようだ。

「たしかにおれたちが狙ってるのは金だ。だけど、どうやって手に入れたらいいんだ」

「カーに電話しなよ」ミリーが答えた。「で、こう言うのさ。おまえの計略は見破った。だがもう一度だけチャンスをやる。おまえには本物の金があることはわかってる。今から一時間以内に金を墓の上に置けば、娘は無事に返してやるが、もしまた逆らえば、娘ののどを切り裂く。おまえの元には娘の遺体が届くことになるぞ、とね」

聞いていたロビンの背筋は凍りついた。ジャックの気楽な予測は大はずれだ！　ベティの命はますます危なくなっている。なんとしても救い出さなければ。

だがどうやったらいいのか、じっくり考えるひまはなかった。チビ助が早口で言った。

「いい考えがあるぞ、ラリー。聞いてくれ」

「うるせえ、バカ野郎！」ラリーがののしった。「てめえの考えなんか聞いてなんになる。いいから口を閉じてろ！」続いてミリーに向かって少していねいに言った。「たしかにうまくいくかもしれねえ。だが、おれたちは娘を連れてすぐここをズラからなきゃならねえんだ」

「いいからすぐ電話しにいきなよ」ミリーがじれったそうに言った。「あんたが戻ってくるまでにあたしらは準備をしとくから」

「うまくいくかもしれねえな」ラリーが繰り返した。「おれが墓地へ行ってるあいだ、最初に打ち合わせた場所に隠れててくれ。岸に着くのは一時間ほど遅れるかもしれねえが、おまえの兄貴は待っててくれるだろう」

三人はすぐに話し合いをすませた。

「公衆電話までは八百メートルほどだ」ラリーが言った。「おれは自転車に乗っていく。おまえらは娘をサイドカーに乗せて待っててくれ」

「あの子には薬を混ぜたお菓子を食わせとかなきゃ」ミリーが言った。「泣かれたらやっかいだからね」

「じゃ、急いでやってくれ」

ラリーは自転車に乗って門を出ていった。その姿が遠ざかってゆくと、残った二人は家屋に戻った。ドアが閉められた。

「よし、今だ！」ジャックがささやいた。「今しかないぞ！　すぐここを出て公衆電話を見つけよう！」

ロビンもすでに一度はその手を考えたが、それでは不十分だと察した。しかしジャックの話を聞いているうちに、ふとあることが頭に浮かんだ。

「だめだ！」ロビンはささやき返した。切羽詰まった口調だったので、思わずジャックは口を閉じた。「全然だめだよ！　時間がかかりすぎる！　警察がここへ来る前にベティが連れていかれちゃう。だいいちあいつらがどこに隠れるのか、ぼくら知らないじゃないか。それよりもっといい考えがある」

「じゃ、話してみろよ」

ロビンが小声ながら熱っぽく自分の考えを語った。ジャックは聞きながら感心したが、少し考えてから異議を唱えた。

「それじゃあ、きみのほうがずっと大変じゃないか、キューリー！　そこまで考えてくれたのは嬉しいけど賛成できないよ」

「何言ってんだ、他人事《ひとごと》じゃあるまいし！」ロビンは思い切り激しい口ぶりと言葉遣いで反論した。「ぼくはだいじょうぶだ。やろうよ、モック！　ベティが助かる最後の機会なんだよ！」

一瞬ジャックは迷ったが、こくんとうなずいた。

「よおし。やろう！　がんばってくれよ、キューリー！」

すぐに二人は行動を起こした。ジャックは暗闇に消えていった。ロビンもこわごわ動きだした。何も見えないまま手探りで這うように前に進み、倉庫に入った。そうして穴を見つけると、からだを入れて少しずつ通ってゆき、置いてあるものに何度もぶつかりながらも作業台に達した。そこに車の古い部品がいろいろ載っていることは知っている。ロビンは部品をまとめてつかむと、ぐいと持ち上げて床にたたきつけた。

がちゃんというすさまじい音がした。ロビンはくるっと後ろを振り向き倉庫へ戻り始めた。けんめいに落ち着こうとしたのだが、やはり焦る気持ちは抑えられなかった。そのためいつのまにか見当違いの方向に進んでゆき、今まで見たこともない障害物からなる迷路に入り込んでしまった。

聞きたくなかった音が聞こえた——家屋のドアが開き、何人かが走ってきたらしい。窓から懐中電灯の光が差し込んだ。とたんに自分が今どこにいるのかロビンは気づき、穴に通じる道を見つけた。だが穴まで来たところでハアハアいいながら足を止めた。もしあいつらの行き先が作業場だったら、ぼくは助かる。だけど倉庫だったら、もうおしまいだ。

よかった。相手はロビンの願ったとおり作業場のドアを開けてくれた。すぐにロビンは倉庫へ入り込み、そうっと中庭へ出ていった。そこから一目散に駆けだして、相手が作業場のなかを探し終わるころには大きな門から姿を消した。

自分の役目は果たした。ロビンはなおも必死に走って正面玄関へ向かった。

一方ジャックもじっとしていなかった。一人になると中庭をさっと横切って家屋のドアまで来ると、そばに置いてあった水入りの樽《たる》の陰に身をひそめ、ロビンの指揮による部品の〝交響曲〟の開始を待った。

チビ助とミリーの姿が作業場へと消えてゆくと、ただちにジャックは家屋へ影のように忍び込んだ。台所の明かりが廊下をも照らしている。また前もって観察していたおかげで、ベティのいる部屋のドアが特定できた。ジャックはどきどきしながらドアを開けてなかをのぞいた。ベティはまだベッドに入っていた。だが少し睡眠薬を飲まされているらしい。なぜなら、ジャックが抱き起こすと、何やらぶつぶつ言ったが目を覚まさなかったからだ。十秒後、ジャックは玄関のドアを開けて外に出るとドアを閉めた。

そこへロビンが駆けてきた。

「ベティは連れてきた？」ロビンは息を切らしながらたずねた。「おお、モック、やったね！さ、早く林へ行こう、ラリーが戻ってくるよ！」

間一髪で間に合った。ロビンたちが家屋の角を曲がったとたん、自転車が走ってくる音が聞こえた。自転車は大きな門に向かっている。少年たちは林へ急いだ。ロビンにもジャックにも心残りが一つある。たった一つだが、とても残念な事柄だ――ああ、もう少しあそこにいられたら、ぼくらが逃げたことを知らされたラリーがどんな反応をするか聞けたのに！

しかし少年二人の胸の内は対照的だった。ロビンが「よし、うまくいったぞ！」と、今にも踊りだしそうなほどはしゃいでいるのに、ジャックは笑う気にもなれず、友の口をふさぐかのようにこわい顔で言った。

「おい、喜んでる場合じゃない。あいつらがすぐ追いついてくるかもしれないだろ」

「だいじょうぶだよ、モック。こんなに暗闇だもの、見つかるわけないさ」

「何言ってんだ。おれたちが遠くまで行ってないことはたぶんバレてるぞ。それにあいつら、おれたちが思い切って道路へ出ていかず、林へ向かったと読んでるはずだ。きっと十数える間もなく、あいつらが追いかけてくるよ。もうここまできたら、捕まるか捕まらないか、二つに一つだ」

ジャックの予測は正しかった。むしろ今まで以上に大きな危険が迫ってきていた。自分たちの計画は立ち聞きされたと相手も察したらしい。だから必死に追いかけてくるのだろう。どうすればいいんだ。ロビンは打つ手をいろいろ考えた。だが再び恐怖が襲ってき、手足が震えてきた。くそ、負けるものか。

「そうだ、これでいこう！」ロビンはいきなり叫んでジャックの顔を見た。「木に登ってくれ。ぼくはベティを渡してから急いで電話をかけにいく」

「ああ、それでもいいけど」ジャックは気乗りしなさそうに答えたが、すぐに上ずった声で叫んだ。「おいキューーリー、静かに！」

二人の背後から足音が迫ってきている。硬い道路を走るようなはっきりした音が聞こえたかと思うと、草地を通るようなこもった音がした。

「追いかけてきた！」ロビンは心臓をわしづかみにされたような気がした。「モック、早く木を見つけて！」

幸い、あたりはもはや真っ暗闇ではない。月は出ていないものの空が晴れてきた。星がきらきら光っている。少年たちの目に黒い木々のかたまりがぼんやり映った。すぐにジャックは地面近くまで枝の延びた松の木を見つけた。

「おい、ベティを頼む」ジャックは木に飛びつきながら、切羽詰まった口ぶりで友に呼びかけた。ロビンが寝ているベティを抱きかかえるあいだにジャックは少し登った。ロビンは足をふんばってベティを渡した。

「うわ、抱きながらじゃ登っていけないよ」苦しそうな声でジャックが言った。「きみ、おれより少し高いところまで登ってくれ。そしたらベティを渡すから。それを繰り返していこう」

実際にやってみると、予想より大変だったが、交互に役割を果たすことで二人は三メートルあまりのところまで登れた。このあたりは葉が茂っているから完全に身を隠せる。ジャックは都合よく二股にわかれている枝を見つけて腰を落ち着けた。ここなら安心してベティを抱いていられる。

「ぼくは降りて電話を――」ロビンは言いかけた。だがジャックにぐいと突つかれ、はっとして口を閉じると耳をすました。

冷や汗の出るような数秒間は何も聞こえなかった。しかし不意にすぐそばの枝がかさかさと鳴った。ロビンは息を呑んだ。

「やつら、こっちに来たんだ。間違いねえ」ラリーの声だ。穏やかな口ぶりだが、苦々しい気持ちが伝わってくる。

木の根元で懐中電灯が光った。

「お！　なんだありゃあ」チビ助の声にも悪意がこもっている。

同時にミリーが光のなかに入ってきた。とたんにロビンの頭が割れそうなほど痛みだした。なんと、すぐそばの地面に、ジャックがベティを包《くる》んでいだショールの一枚が落ちているではないか！

それを拾い上げたミリーは、木を見上げたり周囲に目をやったりしている。ああ、だめだ、見つかっちゃう。ロビンは半ば覚悟した。だが次の瞬間、ほうっと息を吐いた。

「ここまでは間違ってない」ラリーの声だ。「やつら、そんなに遠くへは行っちゃいねえ。よおし！　ぜったい捕まえるんだ！」

相手は林へ入っていった。木の葉にちらちら当たる懐中電灯の光の動きで、連中の位置がわかる。

よし、今だ、今こそ自分の出番だとロビンは思った。ぐっと唇をかみしめ、木を降り始めた。

「おい」ジャックが小声で呼びかけた。「どうしたんだ」

「電話をかけてくるよ」ロビンも小声で答え、ジャックが文句を言うのもかまわず地面に飛び降りると、道路に向けて脇目もふらずに走りだした。

第十九章　事件の結末

少年たちがこうして探偵活動を進めているあいだ、マーティン警部が何もしなかったとは思わないでいただきたい。

例の上着が有蓋貨車に運び込まれた話を聞かされ、エイダとラリーがやぶのなかで落ち合った証拠を見せられたとき、マーティンはほとんど表情には出さなかったものの、すっかり感心していた。その後すぐカー一家に話したように捜査を始めた。エイダとラリーは犯罪とは無関係だと、たしかに口では言っていたが、思い込んでいたわけではなかった。いや実のところ、ロビンにとってはもちろんのこと、マーティンにとってもこの兄妹は第一容疑者だった。

そこで結局マーティンは少年たちとまったく同じ捜査をおこない、列車がごみ処理場の近くで停まったことをつかんだ。また柵の壊れた金具に注目し、容疑者の目的を推測した。さらに列車を引き込み線へ入れる作業の所要時間を計ったすえ、ラリーがベティを柵から通した場合には必ず遅延が生じたはずだとにらみ、そうした二度の遅延が事件当日の午後にあったことをつかんだ。これによって、少年たちとまったく同じく、自分が正しい方向に進んでいることをマーティンは確信した。

マーティンは次にフレンチの助言どおりの行動に出た。地元の世帯を調べて回ったのだ。ジャイルズの住処、つまりガレージに狙いをつけたことには理由が四つある。第一、ジャイルズがチビ助と呼ばれていること。第二、少年たちが洞穴で見たという男にジャイルズがそっくりであること——ある犯罪に手を染めているなら、別の犯罪にも関わっている可能性がある。第三、ジャイルズが鉄道員であること。第四、本人はむろんのこと、妻のミリーも怪しげな人物であること。

マーティンが次に打った手は、令状を取ってジャイルズ宅をくまなく捜索することだった。だが相手はマーティンの想像もつかないほどしたたかな人間だった。ミリーはなかに入ってこようとする警察になんの抵抗もしなかったばかりか、マーティンを通りに面した寝室に案内してベティの寝顔を見せたのだ。もちろんその前には、部屋のなかでは静かにしてほしいと釘を刺していた。娘のサラは病気で寝ているから、起こさないでくださいね、刑事さん。すでにジャイルズ夫妻に関する身上調査をしていて、夫妻には明るい赤毛をした三歳の娘がいることを知っていたマーティンは、この芝居にすっかりだまされた。ただし、断っておかなければならないが、マーティンはベティの顔を知らず、髪の色が黒であると聞いていたのみだった。当然ながら、ミリーが家宅捜査に備えて、ベティを誘拐する前の土曜にプリマスの伯母宅へサラを預けておいたことなど、マーティンは知るはずもなかった。

だがそれでも、ベティがいなかったからといって、ジャイルズ夫妻が犯罪と無関係だとは限らないとマーティンは考えるにいたった——ベティはどこかよそに移されているかもしれないぞ。そこで部下にミリーの尾行を指示した。やがてベティのいそうな場所にはミリーは行っていないことがわかった。

エイダもラリーもチビ助もベティを見張っていないとなると、マーティンとしては自分の見込みが誤りなのかと思わざるをえなかった。ほかにもそれを示唆する事柄が二点あった。第一、ラリー＝エイダの兄妹とジャイルズとのつながりが確認できなかったこと――ベティの姿が見えなくなってから、誘拐されたのだと確認されるまでのあいだに、自分たちは会っていないとラリーが言い張ったためだ。第二、ラリーたち四人が脅迫状を書いたことが確認できなかったこと――ジャイルズ宅にラジオ・タイムズはなかったし、四人の誰かが買ったことも立証できなかった。しかも誰かがエクスハンプトンまで行って脅迫状を投函したことも確認できなかった。

マーティンはそこで角度を変えてみた。注意を引いたのはジプシーの一団だ。マーティンもこの連中なら誘拐ぐらいやるだろうと思ったわけではないが、やらないはずだと決めつけるわけにもゆかないので一団の行動を探ってみた。だがベティの行方不明時に、一人としてカー宅の近くにはいなかったことがわかった。また彼らの仮の宿を捜索し、ベティがいないことも確認した。

マーティンに残された唯一の手がかりは身代金だった。そこでこの扱いについて考えるうち、これならうまくゆきそうだという案が浮かんだ。まず、ジョン・カーには犯人の要求に従うふりをするよう指示してから、スコットランド・ヤードに偽札を用意してほしいと連絡した。さらに、身代金を取りにくるはずの人間を尾行できるよう墓地に見張り役を置いたうえ、尾行に失敗したときに備えて大規模な非常線を張った。

だが見張り役は役目を果たした。若い警察官がオークの木――墓地を訪れたロビンたちも目にした木だ――の陰に隠れていると、ある人物が音もなく現れて窓枠に飛び乗った。また、ほどなく別の人物がやってきて墓に何かを置くと立ち去った。すると最初の人物が窓枠から飛び降り、墓に置かれたものを拾い上げて静かに姿を消した。警察官はそのあとを追った。生け垣の隙間をくぐったところで、自転車にまたがる相手の姿が見えた。一瞬、まずい、逃がしてしまうと思ったが、生け垣の反対側に自転車とともに待機していた一人の部下が追いかけてくれた。この第二の警察官はラリーを倉庫まで追いかけると、ただちに近くの公衆電話まで引き返してきてマーティンに報告した。だからラリーがカー氏に連絡する場面は見逃した。だがラリーより先に戻ってきて、状況を見定められる位置についた。

第二の警察官は何一つ見落とすまいと目を光らせた。やがて裏の敷地で何かがぶつかったような鈍い音がし、続いて墓地から足音と人の話し声が聞こえた。懐中電灯の光もちらちら見えた。やや遅れて一人の少年が正面のドアに駆け寄ると、大きな包みを持った別の少年も現れた。二人は急ぎ足で林へ向かった。前もってカー氏から情報を得ていた警察官は、ぴんときて思わず大声を上げようとした。と、そのとき、自転車が近づいてくる音がした。少年たちは林へと消え、自転車に乗っている者は墓地の門に近づいた。墓地では早口の話し声が聞こえてきた。続いて男二人と女一人が現れて少年たちを追いかけていった。

一瞬、警察官は判断に迷った。自分の役目はマーティン警部の到着を待って状況を報告することだ。とはいえ少年たちに危険が及びそうだ。自分の手で防げるものならぜったい防がなくては。そう決断し、音を立てないように三人のあとを追った。

どうやらすぐに三人組は少年たちの姿を見失ったらしい。警察官の耳に三人の話し合う声が聞こえてきた――くそ、だめだ、こうなったら仕方ない、今から沿岸に向かおう。きっと相手はジャイルズ宅から出発するはずだと察した警察官は、ただちにそこへ向かい、ほぼ同時に到着したマーティンたち捜査班に簡単な状況報告をした。警部は意外にもほぼ真相を把握していた。公衆電話を探しに走ったロビンを呼び止めて、事情を聞いていたのだ。捜査班はすばやく身を隠して、三人組を遣《や》り過ごし、倉庫からサイドカー付きオートバイで出発しようとしたところを逮捕した。偽札はサイドカーにあった。この事実だけでも三人組は有罪となるだろう。もちろん少年たちの証言で補強すれば立証は完璧だ。エイダもカー宅を抜け出て近くの脇道で仲間を待っていたところを見つかった。

主犯の身柄が確保されたので、マーティンとロビンは林に戻り、ジャックに手を貸して木から下ろしてやった。三十分後、ベティが無事に帰宅した。ミリーから睡眠薬入りのお菓子を何度か与えられ、ずっとうとうとした状態にされてはいたが、それを除けばていねいに扱われており、危ない目に遭ったわりには元気だった。

その後わかったことだが、息子とロビンが夕食時になっても帰宅しないからと、カー氏はマーティン警部に電話で連絡し、それを受けて警察が夜通し捜索していたのだった。ただ残念ながら、ロビンたちとそっくりの人相をした少年二人がプリマス行きの列車に乗るのを見たと、自信たっぷりに語る目撃者が現れたせいで、警察は見当違いをしてしまったのだが。

また捜査が進むなかで、ラリーが工具を盗み、チビ助がその工具を定期的に密売していたこと

もわかった。二人はこの闇取り引きの場として洞穴を利用し、決して人前では同席しないよう気をつけていた。すでに述べたとおり、二台のバラスト運搬車は夜に引き込み線へと入ってゆく。ラリーはそこに目をつけたのだ。毎朝毎晩、職場である操車場に詰めており、売れば金になりそうなものをなんでも盗んでいた。また夕食の休憩時間になると、おりに触れて切通しやごみ処理場へ行き、操車場に停まっているディーゼル機関車に入り込んでグリース注入器を盗んでいた。

少年たちに目撃されていた晩、チビ助は洞穴を出ると仲間たちの予想をも超えるほど油断のない動きを見せた。下の川に小舟が停まっていることにはすでに気づいており、身を隠して見張っていると、洞穴から出てきた少年二人が小舟に乗って帰っていった。犯行を知られた恐れがあると察したチビ助はラリーにそのことを伝えた。ラリーはおどしをかけようと、余計なことに首を突っ込むなという手紙をカー家に送った。しかし窃盗のもうけが意外に少なかったうえ、カー夫人が遺産を相続した話をエイダから聞いたので、ラリーはベティを誘拐する計画を立てた。遺産を手に入れて、偽札を作るための工場を買収しよう。そうして〝完成品〟をチビ助たちに使わせるんだ。

ウィリアムズ一家の過去の暮らしぶりに関する警察の捜査によって、一家の者は英国生まれだが長くシカゴにいた事実が判明した。シカゴでラリーは不動産会社の重要な地位についていたのだが、昔からたちが悪かった。ある巧妙な詐欺行為をしていたところを逮捕され、アメリカの刑務所で何年か過ごしたのだが、囚人仲間から幼い子を誘拐する手口を教わった。睡眠薬入りのお菓子も用意しろと言われ、ラリーはライマスで実行したわけだ。

ロビンの探偵活動のおかげで、事件解決に向けて二つの点で大きな進展があった。第一には、ラリーの部屋でラジオ・タイムズのページの焼けた断片が見つかり、脅迫状で使われた言葉の部分が切り取られているのがわかったことだ。

第二の点は柵に関係する。少年たちの証言をもとにして、警察はライマスで怪しい男を三人見つけたのだが、実際に柵を壊した一人を特定できたのはロビンが足跡の型を採っていたからだ。

「ぼくら、フレンチさんには本当にお世話になったね」ロビンが話をまとめるように言った。

「バラスト運搬車の出発の遅れについて指摘してもらわなかったら、ぜったい先へ進めなかったよ」

「きみ自身の活躍はどうなのさ。なんだよ、柄にもなく謙遜《けんそん》しやがって」ジャックが憎まれ口をたたいた。生まれてから今まで、こんなほめ方をしてもらったことはないなとロビンは嬉しかった。

数日後、長い休みが終わりを迎えたとき、当初の期待以上に充実した日々を過ごせたようにロビンは感じた。カー家の人たちに礼を言い、操車場にも別れを告げたが、なんとも名残惜しかった。ただ、これから北東へ向かい、スコットランド・ヤードを訪れてフレンチ主任警部に会えるんだと思うことで、どうにか心は慰められた。

最後に付け加えておこう。ヤード訪問もロビンの期待どおりのものだった。

訳者あとがき

本書はフリーマン・ウィルス・クロフツのジュヴナイル（＝若者向け）ミステリ、*Young Robin Brand, Detective* (University of London Press, 1947)の全訳である。訳出には初版本を用い、挿絵もそこから転用した。挿絵と本文の描写とに少し食い違いが見られることをお断りしておきたい。

退屈な寮生活が続く学校がようやく長い休みの期間に入り、ロビン・ブランド少年は親友ジャック・カーに誘われて、イングランド西南部にあるカー宅で休みを過ごすことになった。楽しい日々が始まると思うまもなく、少年二人は一件の悪事を目撃した。以前から探偵の仕事に興味があったロビンは、ジャックの父を通じて地元警察に知らせる一方、自らもジャックとともに〝捜査〟に乗り出す。

二人はじわじわ事件の核心に迫っていったが、ある日さらに重大な事態に直面した。なんとジャックの妹ベティが何者かに誘拐されたのだ。

そこで、ひょんなことから知り合えたロンドン警視庁《スコットランド・ヤード》のフレンチ主任警部の助言をもとに、ロビンとジャックはベティ救出に向けて、やはり警察の捜査とは別個に活動を開始する――。

本書はほかのクロフツ作品と比べれば文章もひねっておらず、犯罪の内容もおとなしいが、ロビンの緻密な推理やジャックの勇敢な言動など、とても見どころの多い作品だ。

またクロフツには、『死の鉄路』(一九三二)や『列車の死』(一九四六)などほかにも鉄道ミステリがあるが、鉄道員の仕事ぶりそのものを詳しく描いた点では本書は一、二を争うだろう。鉄道愛好者にはたまらない一作となるはずだ。

なお、第七章には「インディアン」、第十二および十九章には「ジプシー」という言葉が用いられている。現在ではそれぞれ「先住アメリカ人」、「ロマ」とするのが望ましいが、発表年代を考えてあえてそのままとした。

本書を上梓するにあたり、ピーター・ディキンスンの『封印の島』のときに引き続き、論創社編集部の今井佑氏のお力添えを賜った。心からお礼を申し上げたい。

探偵たちはレールのように

霞　流一（ミステリ作家）

何とも珍しい上に、すこぶる嬉しくなってしまうのが本書だ。F・W・クロフツによる唯一のジュヴナイル・ミステリである。お馴染み、フレンチ警部（劇中に明記されている通り正確には主任警部）も重要な役で登場する。

クロフツといえば、周知の通り、アリバイ・トリックの名手であり、刑事の骨身惜しまぬ捜査活動を魅力的に描いたリアリズム派の第一人者。一九二〇年代から四〇年代にわたる本格ミステリ黄金期において大きな功績を残すと共に、一際《ひときわ》、異彩を放つ存在といえよう。当時、ミステリ界は天才探偵が大見得をきるような作風がほとんどだった。ケレン味たっぷりの劇画調の芝居がかった展開。そうした作品群を手掛けた作家が、一つや二つジュヴナイルを発表していたならば、さほど違和感は無い。

しかし、クロフツの作風は大芝居とは逆の印象がある。刑事による地道な捜査行の物語は、精緻で丹念な造作であり、絵空事から離れた大人の空気を感じる。いわゆるいぶし銀のテイストだ。派手な展開をこれ見よがしにする稚気とは程遠い。

それ故に、クロフツのジュヴナイルと聞くと、意外性を感じてしまうわけだ。ところが、意外性は二重底であった。そこが嬉しいところ。

クロフツだからこそ描けたジュヴナイルに仕上がっているのだ。ごく普通の刑事のように、少年たちが実に少年らしい存在感を発光している。変にこましゃくれた高度ＩＱの天才児などは登場しない。少年は、その年齢にふさわしいスタンスで事件に接し、ドキドキしながらも冒険に足を踏み入れる。クロフツの持ち味が効果的な形で現れている。そう素直に感情移入できる、等身大のジュヴナイル・ミステリの成果となっているのだ。

物語は、二人の少年の冒険と友情が描かれる。

楽しみにしていた長い休暇が始まった。ロビンは親友ジャックの父親の仕事先の家で一緒に過ごすことになった。海の潮が香り、丘陵の緑の映える美しい港町。そこで、ジャックの父親は鉄道橋梁の建築に従事している。

そのせいか、ジャックは大の機関車マニア。一方のロビンは推理小説が大好きで、探偵の真似事もするほどのマニアだ。趣味こそ違え、オタク的な熱意を持つ二人はよほどウマが合うようだ。だから、お互いの趣味を尊重している。工事現場の機関士や信号手ら鉄道マンとの語らいや、引き込み線の列車見物に夢中になっているジャックに、ちゃんとロビンは付き合う。

一方、ロビンの探偵趣味は土地の探検に向けられ、ジャックはそのガイド役を買って出る。持ちつ持たれつ、少年なりにギブ・アンド・テイクの社会ルールの合意が交わされているのだ。

そんな楽しい休暇のある時、二人が洞窟を探検する。そこで、怪しげな男たちのキナ臭い密談を立ち聞きした。どうやら犯罪が絡んでいるようだ。ミステリ・マニアのロビンが胸を高鳴らせる。ホンモノの事件だ！　ロビンとジャックは探偵コンビとなって事件解明に乗り出すのだった。推理小説の知識から培った様々なテクニックが駆使される。着実に事件の中枢へと肉薄し、探りえた情報を父親や警察に報告する。二人の活躍ぶりは、大人たちを本格的な捜査へと立ち上がらせるのだった。だが、犯人側もジャックの幼い妹を誘拐するという卑劣な反撃に出る。暗礁に乗り上げる捜査。

そんな折、ロビンにとって最高のヒーロー、フレンチ警部が近くの町プリマスに来るという知らせがもたらされる。そして、少年たちの探偵活動の相談に乗り、アドバイスを施してくれることになった。この千載一隅のチャンスが事件の突破口へと導いてくれるはず……二人の少年はフレンチ警部との出逢いに希望を託すのだった……。

物語の舞台となる地は、イングランドの南西部の港町、ライマス。劇中の描写によれば、プリマスの近郊にあたり、車での行き来が比較的容易な地のようだ。プリマスといえば、現在では観光地であり、また、新大陸を目指したメイフラワー号がここから出発するなど、英国航海史に数々の名を残す町である。私は確認のため、このプリマスを中心ポイントとし、地図の各方位を検索してみたのだが、残念ながら、「ライマス」を見つけられなかった。丹念に試みたつもりだったが、探し方にアラがあったのか、あるいは、ひょっとしたら、架空の街ではないかとも推察している。

ちなみに、同じくイングランド沿岸の南東部に、「ライ」という港町を発見した。そこは、アンティークショップが並ぶ、中世の空気を残した土地らしい。レンガの家や石畳の続く町並み。十二世紀に交易のための玄関口の一つとして発達としたと資料にある。もしかしたら、クロフツはこのライをモデルにして、場所を西に移し、ライマスを設定したのかもしれない。いずれも、海に望み、川を抱き、豊かな自然と調和した、明朗な風土の港町のようだ。

また、クロフツの生まれ故郷が、アイルランドのダブリンであることも、少年たちの背景に、あえて港町を選んだ要因とも推測できよう。

前述の通り、物語の舞台・ライマスでは鉄道橋梁の建築工事が進められている。そして、ジャック少年は機関車マニア。実にクロフツらしいシチュエーションだ。

イギリスは鉄道発祥の国である。十九世紀後半から二十世紀始めにかけては、大小合わせて百社以上もの社がレールを延ばし、運営地域の拡大にしのぎを削りあっていた。この群雄割拠の混沌が整理されるのは一九二三年。四つの大きな鉄道会社に吸収され、まとめられたのである。ロンドン・アンド・ノース・イースタン鉄道、ロンドン・ミドランド・アンド・スコティッシュ鉄道、グレイト・ウェスタン鉄道、サザン鉄道。

ライマスの町はイングランド南西部に位置するので、管轄はグレート・ウェスタン鉄道に違いない。この四大鉄道の時代こそ、イギリスの鉄道発展史における黄金期と呼ばれている。

そして、本書が刊行された翌年、一九四八年、二次大戦後の産業復興の一翼たる運輸法の可決に伴い、全ての鉄道は国有化された。だが、同じく島国・日本の歴史に似て、さらに、一九九六年、イギリス国鉄は分割・民営化され、現在は二十八の鉄道会社に運営されている。ライマスはファースト・グレイト・ウェスタンとヴァージン・トレインズの列車が行き来する地になっているのだろう。

四大鉄道の時代である本書は、冒頭から蒸気機関車のディテールが鮮やかに描かれる。ボイラー、シリンダー、火室、計器、汽笛、シャフトなど、その熱や音、さらに鉄の質感までもが伝わってくる。私事だが、自分は十代の頃にSLファンで、各地を巡り写真を撮り歩いていた。いわば〝てっちゃん（鉄道マニア）〟の端くれの故、このリアルな描写にしばし陶然とする想いに浸らせてもらった。

それにしても、どうして、少年は鉄道に惹かれるのだろう。女の子にはほとんど見られない性癖だ。理由は解らない。永遠の謎かもしれない。

でも、何と言おうと、少年には鉄道が似合うと思う。絵になるのだ。例えば、映画を思い起こせば、「スタンド・バイ・ミー」、少年四人とレールと汽車、ビジュアルがキマっているじゃないか。他にも世代によって異なるが、「鉄道員」「オリバー！」「アウトサイダー」など。また、少年ならぬ青年ではあるが「エデンの東」において列車の屋根にうずくまるジェームズ・ディーンの姿は、ジーンズのCMに使用されたほどだ。

だから、本書がもしも映画化されたならば名シーンが幾つも生まれるに違いないと確信する。殊《こと》に、ジャックの機関車への熱中ぶりはひたむきで微笑ましい。実に絵になる。そして、そこまで彼が鉄道に魅せられる背景と時代がイギリスには確かにあったのだ。

十九世紀後半、機関車の性能アップと軌道構造の進歩、レールの拡張に伴い、乗客確保を巡って、幾つかの大きな鉄道会社がスピード競争を展開させた。

例えば、一八八八年から八九年にかけて、ロンドン～エジンバラ間の東岸ルートと西岸ルート、どちらがより時間短縮できるか、まさしくレースを展開させていた。「フライング・スコッツマン」と「デイ・スコッチ・エキスプレス」、二つの急行列車による勝負はイギリス中の注目を集め、興奮を巻き起こした。

同様な競争は、一八九五年に再び激化し、この時には、ユーストン発、アバディーン行きの列車が、それまでの十二時間かかった走行時間を三時間以上も短縮し、蒸気機関車の永久的なスピード新記録を樹立している。

かようなまでに、鉄道のエキサイティングな時代があった。クロフツが十代の多感な頃にである。

また、二〇世紀に入ると、多種多様の魅力的な機関車が登場している。洗練されたデザイン、優美な形状のもの、あるいはごついメカニックをむき出した力強い造形など、まるで機械の動物園。そして、色彩も豊か。イギリスの機関車はグリーンのものが主体で、他にも、レッド、茶褐色、紺色など、実にカラフルである。

一九三〇年代に人気を集めた「コロネーション号」や「マラード号」は流線型のフォルムを目の覚めるようなブルーで彩られていた。

本書の舞台・ライマスを管轄するグレイト・ウェスタン鉄道は、濃緑色を基本とし、オレンジ色に縁取られた黒の飾りラインを入れたデザインが、主な特色であった。ジャックが毎日、熱視線を向けていた機関車も、そうしたカラーと模様で彩られていたのかもしれない。

当時の機関車はビジュアルばかりではなく、そのネーミングにも刺激的な響きがあった。「パトリオット号」「シルバー・リンク号」「キング・ジョージ五世号」「ウィストン・チャーチル号」「グレート・ノーザン号」「ザ・ボーイスカウト号」「ハリケーン号」「ファイター・パイロット号」「スピット・ファイア号」「プリンセス・ウェールズ号」等々。

このように、あらゆる面において、鉄道には魅力的な要素が満ち溢れていたわけだ。ジャックが夢中になるのも至極当然である。

そして、クロフツもそうした鉄道の魅力に接し、胸躍らせていたと推測していいだろう。何しろプロの技師だけに、強烈なライブ感覚を味わったはずだし、また、鉄道ファンに年齢は無い、と思う。だからこそ、あれだけ、クロフツの作品に列車が登場する。

フレンチを始めとする刑事たちの捜査において、感心するくらい、列車に乗るシーンが多い。同時に、犯人側も頻繁に鉄道を利用している事実が判明してくる。追う者も、追われる者も、乗車に情熱を傾ける〝てっちゃん〟、いわゆる〝乗りてつ〟ではないかと疑いたくなるほどだ。

もちろん、それらは無駄にページを割いているわけではなく、事件と有機的に連動して描かれている。ミステリファンにも、てっちゃんにとっても素敵な御馳走と言えよう。

しかもメニューは豊富。さまざまな作品に、バラエテイに富む鉄道の美味を用意してくれている。

例えば、『ギルフォードの犯罪』では、サン・ラザール駅に付属するホテルや浴場が登場し、また、アリバイ調査で、大きな役割を果たすのは落し物の一枚の旅券であった。終盤には、ヴィクトリア駅に始まり、ドーヴァー、カレー、パリ、ブリュッセル、アムステルダム駅へと、イギリス、フランス、オランダの三カ国に渡る列車での大追跡劇が展開される。

『スターヴェルの悲劇』でも、大団円を迎えるのはプリンセス・ストリート駅。フレンチは部下のタナー刑事に変装させて罠を仕掛けたり、駅のバーで犯人とスコッチ&ソーダを飲むなど、ちょっと洒落たシーンが用意される。

『フレンチ油田を掘りあてる』は踏み切りの轢殺死体を巡る事件、『フローテ公園の殺人』は信号手がレール脇で発見した凄惨な死体で幕が開き、捜査の進展と共に、鉄道を絡めたアリバイトリックも浮上してくる。

また、客車に限らず、貨物列車に関するシーンにも筆が及ぶのはさすが鉄道のプロならでは。『製材所の秘密』に登場するのは、船着場から転車台《ターンテーブル》へと至る貨車専用の軌道であり、荷揚げと運搬作業の現場が描かれている。

デビュー作『樽』で、捜査が大きく前進するのは、パリのサンラザール駅駅長に示唆されて、カルディネ通り「貨物駅」に赴く二度の聞き込みの成果であった。

こんなふうに、例を挙げていけば、線路は続くよどこまでも、とキリがない。

だが、何と言っても、『列車の死』こそ白眉だろう。列車転覆と英国の命運のかかるスパイ事件とがリンクする途方も無い謎にフレンチ警部が命賭けで挑む。実にダイナミックな展開であり、これは鉄道ミステリの集大成だろう。なにしろディテールが半端じゃない。運転室の機関士と火夫のコンビネーション、車掌、駅員、信号手、臨時列車のダイヤグラムを調整する書記、運行のチェックを司る管区運輸部監督、さらに機関車の掃除係の仕事ぶりまで、あらゆる方面の鉄道ビジネスのシーンが詳細に描かれるのだ。そして、圧巻なのは、機関車が傾き、きしみをあげ、転覆にいたる事故の生々しい描写。総じて、まさしく、クロフツの独壇場である。

この『列車の死』の翌年に発表されたのが、本書だ。油の乗り具合は推して知るべしであろう。

一八七九年、アイルランドのダブリンに生まれたクロフツは、幼少の頃に、軍医だった父親と死別している。

後に、クロフツは『クロイドン発12時30分』『サウサンプトンの殺人』などの倒叙ミステリを発表しているが、このジャンルの祖であるオースティン・フリーマンもまた医師であったことと照らし合わせると興味深い。

継承者のクロフツにとってフリーマンは倒叙ミステリのいわば父的存在であり、実際に、『列車の死』の中では、同作者について言及する箇所がある。また、フレンチが常時、携行している小型ケースには簡易鑑識を可能にする七つ道具が納められている。これは、フリーマン作品のレギュラー探偵・ソーンダイク博士の用いる緑の調査箱からの引用であり、もちろん、オマージュでもあることは言うまでもない。

父親との死別の後、クロフツは母親の再婚に伴い、北アイルランドに居を移す。一八九七年、十七歳の時、ベルファスト・アンド・ノーザン・カウンティーズ鉄道会社の技師である叔父の元で土木工学を学び、線路延長工事の下級技手、管区技師などを経て、一九〇九年、同社の主任技師となった。

この鉄道会社の幹線は、『マギル卿最後の旅』の主たる舞台として登場する。また、ベルファストの町では少年による目撃証言のエピソードが挿入されるが、クロフツの思い出と二重写しになっているのかもしれない。

このように、アイルランドで生まれ、育ち、青春時代を過ごしてきたクロフツ。そして、この地の鉄道会社に長年に渡り勤務することになる。つまり、生粋のアイリッシュといえよう。ちなみに、クロフツは、『チェイン氏の秘密』(『フレンチ警部とチェインの謎』)の中で、アイリシュ気質について、「愛すべきではあるが興奮しやすい民族の特性」(宮西豊逸訳)と記している。

果たして本人はどうだったのだろうか?

一九一九年、闘病生活にあったクロフツが『樽』という高密度の建築美に満ちた本格ミステリ巨編を描いてしまったあたり、そのアイリッシュ気質の表れなのかもしれない。何しろ、病床であれだけ複雑巧緻な作品を完成させるとは並みの情熱とエネルギーではない。興奮の熱気が感じられるのだ。私が『樽』を初読した際に、クロフツはこれを書いたから病床についた、そう思いたくなったくらいである。

本書『少年探偵ロビンの冒険』においても、なんとなく主人公二人にアイリッシュ気質が感じられる。それは、ロビンの推理小説、ジャックの機関車、それぞれのマニアックぶりである。自分の趣味であり得意分野となると、つい我を忘れて熱くなってしまうところだ。きっと、鉄道マンにしてミステリ作家であるクロフツ自身が少年二人に投影されているからだろう。そして、熱くなる時、冒険に拍車が掛かる。この物語は、少年クロフツの仮想的なメモリーでもあるのだ。

少年が犯罪と立ち向かう物語として、おそらく誰もがまず思い浮かべるのは、マーク・トウェインの名作『トム・ソーヤの冒険』であろう。クロフツにも当然、その意識はあったはずだ。ロビンがトムで、ジャックがハックルベリー・フィンといったところか。そして、『トム・ソーヤの冒険』にも、やはり、洞窟が重要な舞台の一つになっている。だからといって、なにも、クロフツが盗用したと指摘しているのではない。偉大なる先達、マーク・トウェインへの敬意の顕れであり、また、洞窟は子供ならば誰もが強い興味を抱く必須アイテムなのである。ジュヴナイルにおける一つの様式美と言ってもよい。

クロフツは『トム・ソーヤの冒険』を優れた手本として、探偵と鉄道という、やはり少年たちが大好きなテーマを盛り込んで、知恵と勇気のミステリへと昇華させたのである。クロフツでしか成しえない、オリジナリティに溢れるジュヴナイルが誕生したわけだ。

本書の中で、ロビン少年はフレンチ警部の活躍する小説の愛読者という設定になっている。だから、それらの作品は、ロビンの探偵術の教科書でもある。足型を採ったり、毛髪などを採取したりするシーンは、まるでミニ・フレンチを観ているようで微笑ましい。中でも、大きく話題にのぼるのが『死の鉄路』だ。

この作品の中で、或る少年がフレンチに重要な手掛かりをもたらすが、ロビンにとっては垂涎のシーンとして、自分を置き換えていたかもしれない。そして、ほぼ全編にわたり鉄道が事件と関わりあっている。そのため、ロビンのみならず、ジャックも『死の鉄路』に熱中したと感想を述べている。それればかりか、フレンチ警部までもが、鉄道マニアになるキッカケとなった事件だと本人自らが語っているのだ。『死の鉄路』は三人を結びつけ、交流を深め合う絆のような作品として取り扱われている。きっと、クロフツ自身も大のお気に入りの一編なのだろう。なるほど、『死の鉄路』にも、洞窟が捜査の重要ポイントとして登場しているではないか。

本書に登場するフレンチは主任警部であり、前年（一九四六年）発表した『列車の死』での命がけの捜査が評価され、ラストで、警視への昇進が約束される、そして、一九四八年の『フレンチ警視最初の事件』では邦題の通り昇進を果たしている。両作品の間に挟まれて、一九四七年に刊行された本書は、フレンチが少年たちと出会うために用意された特別な時間のように思えてくる。

それはクロフツ自身にとっても特別な時間であったのかもしれない。自分がフレンチと向き合いたかったのではないだろうか。警視に昇進させることで、フレンチが背負うであろう責務を、加えて、その成長を考えてみたかったのではないか。

その考える目は、三十年以上もの間、鉄道会社に勤務し、組織社会に身を置いてきたクロフツならではの、大人の視点である。苦労人のクロフツならではの視座がここにある。

彼の小説は企業ミステリとしての側面をしばしば指摘されている。人が立場を重んじ、営利に対して意欲的でありながら、その倫理観も同時に強く問われる世界。常に仕事に寄り添い、業績と情けとが時に相反する厳しい人間たちの激流。そうした世界で描かれる、クロフツの作品群は「社会人ミステリ」とも捉えられよう。

そう、本書に据えられたのは社会人として生きてきたクロフツの視点だ。それは、世間一般の等身大の視座でもある。

クロフツは前作『列車の死』において、文字通りの命懸けの仕事をフレンチに担わせた。それ故にこそ、ラストで警視の地位と責務を彼に与えた。社会人としての成長を遂げさせたのである。

この時点から、クロフツの目にはフレンチの存在が大きく映っていたはずだ。そうした心象を素直に憧憬《しょうけい》として描いておきたかったのではないか。執筆を決意した瞬間、クロフツは少年になったのだ。そして、胸をよぎる少年時代の想い出。フレンチに見たのは、幼い頃、死別した父親であったかもしれない。奇しくも、マーク・トウェインも、また、十二歳の時、父親を亡くしていた。本書におけるフレンチは父親の象徴と取れよう。クロフツが歩んできた人生のレールにおいて、ほんの一時、停車した駅のような存在。

しかし、ここで描かれる物語の視点はそうした父なる駅ではない。見つめている目はあくまでも少年たちのものだ。列車が走り、レールが延び続けるように、未来へと疾駆する少年たちの視点。やがて、社会へと飛び込んでゆかねばならない等身大の少年たち。それ故に、読む者は何も身構える必要も無く、自然体のままで、ロビンとジャックの冒険を一緒に体感できるのである。誰もが胸の奥に持っていたはずの、どこまでも走ってゆきたい車輪のような気持ちで。

だから、この本を、クロフツによるトム・ソーヤ・ミステリと呼びたい。ちょっと人生のレールに立ち止まり、こっそり振り返って、つかのまのあいだ、童心と戯れてみてはいかがだろう。

〔訳者〕
井伊順彦（いい・のぶひこ）
1955年生まれ。早稲田大学大学院博士前期課程（英文学専攻）修了。英文学者。トマス・ハーディ協会、ジョウゼフ・コンラッド協会、バーバラ・ピム協会（いずれも英国）各会員。訳書として、ジョイス・キャロル・オーツ『生ける屍』（扶桑社ミステリー）、ピーター・ディキンスン『封印の島』（論創海外ミステリ）、『ベスト・アメリカン・ミステリ　スネーク・アイズ』（共訳、ハヤカワミステリ）、『ベスト・アメリカン・ミステリ　アイデンティティ・クラブ』（共訳、同前）などがある。

少年探偵《しょうねんたんてい》ロビンの冒険《ぼうけん》
——論創海外ミステリ　62

2007年2月15日　初版第1刷印刷
2007年2月25日　初版第1刷発行

著　者　F・W・クロフツ
訳　者　井伊順彦
装　丁　栗原裕孝
発行人　森下紀夫
発行所　論　創　社
〒101-0051 東京都千代田区神田神保町2-23 北井ビル
電話 03-3264-5254　振替口座 00160-1-155266

印刷・製本　中央精版印刷

ISBN978-4-8460-0745-4
落丁・乱丁本はお取り替えいたします